Zu diesem Buch

Alfons und Viktor sind Freunde, seit Jugend an. Doch Viktor war immer der strahlende Sieger, ob in der Schule, beim Sport oder bei den Mädchen oder im späteren Leben, im Beruf. Alfons stand immer in Viktors Schatten. Und was Alfons nicht vergessen kann: Viktor hat ihm die einzige Frau weggenommen, die Alfons je geliebt hat: Renate. Die dann durch einen Unfall ums Leben kam.

Doch jetzt hat sich das Blatt gewendet. Viktor sitzt im Rollstuhl, halbseitig gelähmt, und von dem früheren Glanz ist nichts übriggeblieben. Alfons fährt ihn regelmäßig aus alter Freundschaft durch den Park. Alfons bringt Viktor zum Reden. Er will Genaueres über Renates Unfall wissen. Er erfährt, daß das Paar sich gehaßt hat. Renates Tod kam Viktor sehr gelegen. Hat er etwa nachgeholfen?

Endlich ist Viktor ihm ausgeliefert. Jetzt kann sich Alfons für die vielen Bosheiten und Gemeinheiten rächen und für Renates Tod ...

Paul Henricks hat in den Jahren 1965 bis 1980 sechs Kriminalromane in der rororo thriller-Reihe veröffentlicht, sein bekanntester war «Sieben Tage Frist für Schramm», der auch verfilmt wurde. Übersetzungen in mehrere Sprachen folgten. Nach fünfzehnjähriger Pause, bedingt durch die Arbeit an einem historischen Werk, legt er wieder einen Kriminalroman vor, einen beklemmenden Psychothriller, der den Leser sofort in seinen Bann zieht und bis zum Ende nicht mehr losläßt.

Paul Henricks

Viktors langer Schatten

rororo

Rowohlt

rororo thriller
Herausgegeben von Bernd Jost

Originalausgabe
Veröffentlicht im Rowohlt Taschenbuch Verlag GmbH,
Reinbek bei Hamburg, Januar 1996

Umschlagfoto Steve McAlister / The Image Bank
Umschlagtypographie
Peter Wippermann / Susanne Müller
Gesetzt aus der Bembo bei
Dörlemann Satz, Lemförde
Gesamtherstellung Clausen & Bosse, Leck
990-ISBN 3 499 43223 4

Erster Gang zum Ententeich

Habe ich mir etwas vorzuwerfen? Mich gar schuldig gemacht? Ich sage: nein. Viktors Schatten war es, der über uns lag, über mir, über Renate, über Martha, und er legte sich endlich auch über Viktor selber. Sein Schatten holte ihn ein, sozusagen.

«Längst vorbei das alles. Vergeben und vergessen.» Viktors Worte, eigentlich nur eine leere Redensart. Aber nichts ist vorbei, nichts vergeben und vergessen. Wir bringen es an den Tag, Viktor und ich, auch wenn er sich dagegen sträubt. Und damit sind wir am Ziel: Der Schlußpunkt muß gesetzt werden. Ich setze ihn oder Viktor oder das Schicksal, das blinde, oder gar der liebe Gott. Dieser allerdings hätte das Ganze von vornherein besser steuern sollen, wenn er denn in der Lage dazu war.

Mein Leben – eigentlich liegt es hinter mir. Aber noch sind Rechnungen offen. In Ordnung ist es, wenn ich Viktor überlebe, wenn ich an seinem Grabe stehe und keine Blumen darauf lege. Blumen, ach du lieber Gott! In Ordnung ist es, und ich habe es verdient, zu leben, während seine Überreste im Grabe modern. Ich habe es verdient, wenn es vielleicht auch eine kurze Frist nur ist, die ich gewinne.

Zur Zeit allerdings fühle ich mich gut. Gut, wie seit langem nicht. Wie noch nie, wenn ich genau darüber nachdenke. Und ich hätte die Kraft, mein Leben neu zu beginnen. Ich würde es anders anpacken. Weil ich ein anderer geworden bin. Weil kein Schatten mehr auf mich fällt. Ich würde ... na ja. Zu spät. Ich bin siebzig. Längst vorbei das alles. Viktors Redewendung.

Nicht etwa, daß ich im Leben versagt hätte. Ich könnte sogar zufrieden sein. Aber da ist mein Leben, das gelebte, und das ungelebte dicht dahinter, grell und düster zugleich, Licht und Schatten – der lange Schatten Viktors. Ein weiter Weg war es vom Schwimmbad bis zum Ententeich. Das Schwimmbad: Stätte der ersten Triumphe Viktors. Der Ententeich: das Ende, dazu noch in bauchtiefem Wasser. Wir legten diesen Weg gemeinsam zurück, auch wenn wir uns oftmals Jahre hindurch nicht sahen. Viktors Schatten erreichte mich, wo immer ich war. Wir legten unseren Weg zurück, aneinandergekettet wie zwei Sträflinge, die sich gegeneinander sträuben. Nie jedoch war ich wirklich an Viktors Seite, immer bewegte ich mich irgendwo seitwärts von ihm, nicht auf seiner Höhe, nicht in seiner Gangart. Manchmal versuchte ich mich ihm zu entziehen, aber sein Schatten hielt mich – dunkel und fest umrissen.

Jetzt schiebe ich ihn im Rollstuhl über Spazierwege. Er hat einen Schlaganfall erlitten und ist halbseitig rechts gelähmt. Ich blicke auf seinen feisten, kraus behaarten Nacken, den kahlen Kopf und den schweren, zusammengesackten Körper. Viktor sieht jetzt aus, wie einer seinesgleichen aussehen sollte. In jungen Jahren war er schön anzusehen und dabei doch voll Niedertracht. Jetzt hat sein Wesen den angemessenen Ausdruck. Ich schiebe also den Rollstuhl, blicke auf Viktor hinab und strebe zum Ententeich hin.

«Willst du dich nicht ein wenig setzen? Du wirst immer langsamer.» Jedesmal, wenn wir an den Pavillon gelangen, der halb über dem Teich steht, kommt von Viktor eine Aufforderung dieser Art. «Du siehst müde aus», sagt er manchmal sogar, obwohl er sich gar nicht zu mir umwenden kann. Dabei bemühe ich mich, gerade wenn der Pavillon in Sicht kommt, Viktors Rollstuhl besonders zügig zu schieben. Er aber bleibt dabei: «Du bist müde. Du willst es nur nicht zugeben.»

Also tue ich ihm den Gefallen, mich für einige Zeit auf die Bank im Pavillon zu setzen. Sie ist kreisrund wie der Pavillon und umschließt den Innenraum. Holzpfosten tragen das Reetdach, und der Blick schweift frei nach allen Seiten. Der Rollstuhl steht in der Mitte.

Viktor tut besorgt: «Fühlst du dich nun besser?» Er schaut mich prüfend an. «Du siehst schon etwas wohler aus. Ich mag es dir gar nicht zumuten, mich hier durch die Gegend zu schieben.»

Das klingt alles fürsorglich und nett, aber in

Wahrheit will er mir nur ein schlechtes Befinden einreden. Gewiß, manchmal geht es mir tatsächlich nicht gut. Aber ist es nicht eher Viktors Nähe, die mir Unbehagen verursacht?

An einem der Holzpfosten des Pavillons ist eine Schautafel befestigt, auf der die verschiedenen Entenarten abgebildet sind, die sich auf dem Teich befinden oder auch nicht befinden – wen von uns interessiert das! Stockenten, Spießenten, Krickenten, Tafelenten, Reiherenten, Kolbenenten, alle noch wieder zu unterscheiden nach männlich und weiblich. Die Männchen sind schöner, präsentieren sich den Weibchen, suchen sie zu beeindrucken durch allerlei Künste. Wie Viktor. Wie Viktor in seiner Jugendzeit, als ich das häßliche Entchen abgab. Jetzt kann ich es äußerlich mit Viktor aufnehmen, wie ich meine, bin zwar spindeldürr, aber mein Anzug hängt faltenlos und fließend an mir herab und wird nicht durch Fettpolster aus der Façon gebracht.

«Kannst du hier irgendwo die spitzschwänzige Spießente sehen?» frage ich, mehr, um mich über das Entenwesen lustig zu machen.

«Gib mir lieber meine eigene Ente», antwortet Viktor.

Auch das hat sich allmählich eingebürgert: Hier im Pavillon ist es fällig. Seit dem Schlaganfall kann Viktor sein Wasser, wie man sagt, nur für kurze Zeit halten. In der Seitentasche seines Rollstuhls steckt deshalb ein Plastikbehälter, dessen Form an eine Ente erinnert und der häufig auch so genannt wird. Ich öffne also die Seitentasche – Viktor kommt nicht heran – und nehme leicht angewidert die ‹Ente› heraus, benutze wohl auch ein Papiertaschentuch dabei, das ich anschließend sofort wegwerfe.

«Beeil dich, sonst piß ich mir in die Hose», sagt Viktor rüde. Er hat zu körperlichen Dingen ein recht direktes Verhältnis, hat es immer gehabt, schon als Junge. Ich bin da anders, trete auch stets beiseite, wenn Viktor den Behälter benutzt. Den Ausdruck ‹Ente› vermeide ich. Ich spreche immer von dem ‹Behälter› oder, etwas ironisch, dem ‹Behältnis› oder dem ‹Minicontainer›, was, wie ich meine, fast schon ein wenig witzig ist und die Peinlichkeit des Vorgangs mildert.

«Stell dich nicht so an», sagt Viktor und grunzt zufrieden. «In deinem Alter! Du bist noch genau wie früher. Weißt du noch, wie ich dir bei der Musterung geholfen habe? Du hättest dir doch nicht einen einzigen Tropfen abgequetscht.»

Natürlich weiß ich es noch. Es ging um die Urinprobe. Über 50 Jahre ist das nun schon her. Jeder erhielt ein Glas, ich glaube, es war ein Bierglas, und mußte damit hinter einen Verschlag treten. Viktor und ich waren gleichzeitig dran. Ich hatte Schwierigkeiten, war nervös und verängstigt, empfand diese ganze Musterungsveranstaltung als schamlose Bloßstellung. Mein Glas blieb leer, Viktor seines füllte sich bis zum Rand. Er sah mich herablassend an, und kurz entschlossen kippte er die Hälfte in mein leeres Glas, als gerade keiner hinsah. Das ist die besondere Art, wie Viktor mir gelegentlich hilft. Er hilft, aber er beschämt mich dabei.

«Längst vorbei das alles», sagt Viktor und hält mir sein Behältnis hin. Bisher habe ich es stets entgegengenommen, wenn auch mit spitzen Fingern und angehaltenem Atem, um es in den Ententeich zu entleeren. Jetzt aber schiebe ich lediglich den Rollstuhl an die Brüstung des Pavillons, verschränke die Arme und sage mit abweisender Miene: «Mach's selber.»

Er sieht mich voller Vorwurf an, fast traurig, schweigt und läßt den Inhalt seines Behältnisses langsam ins Wasser rinnen. Immerhin kann er den linken Arm noch ganz gut gebrauchen. Er tut mir allerdings ein bißchen leid. Ich kann mich nicht dagegen wehren. Ein Gefühl von Wärme steigt in mir auf, fast wie in frühen Tagen. ‹Längst vorbei das alles›, sollte ich mit Viktor sagen. Aber die Erinnerung ist noch wach. Die Erinnerung, sonst nichts. Ich habe ihn nicht etwa geliebt, ich meine, als Freund geliebt, in unserer Jugendzeit, oder sagen wir gemocht, besonders gemocht, damit nicht irgendwelche falschen Schlüsse gezogen werden – ich habe ihn also nicht etwa besonders gemocht –, gemocht allerdings schon, also von mir aus dann auch geliebt. Ich bewunderte und beneidete ihn, litt seinetwegen, fühlte Glück und Scham. Er seinerseits spielte mit mir, stieß mich zurück, lockte mich wieder an, wenn ich meinte, endgültig mit ihm fertig zu sein, demütigte mich und ließ mich fühlen, daß ich der Unterlegene war. Er benutzte mich, um sein Bild heller leuchten zu lassen, ich gab den billigen Kontrast dazu ab. Wenigstens hat er es wohl so gesehen, und vielleicht war es tatsächlich so. Bis endlich, sehr spät, der Umbruch kam. Der Umbruch, von dem Viktor noch nichts weiß.

Wir setzen unsere Spazierfahrt fort. Viktor spricht nicht mit mir. Es kränkt ihn, daß ich mich ihm widersetzt habe, daß ich seine ‹Ente› nicht entleeren wollte.

Vom Pavillon aus führt ein Weg auf die kleine Anhöhe, von wo man in die Runde schauen kann. Hier verweilt Viktor besonders gern, und es ist ihm ganz unwichtig, ob ich Mühe habe, ihn hinaufzuschieben. Ich habe tatsächlich Mühe, und ich hätte Lust, den Weg am Teich entlang zu nehmen und die Anhöhe diesmal auszulassen. Vielleicht nicht nur diesmal, sondern auch in Zukunft. Aber ich habe mich Viktor heute schon einmal widersetzt. Es könnte ihm auffallen, wenn ich es noch einmal täte. Also schiebe ich ihn wie gewohnt die Anhöhe hinauf, auch wenn ich dabei Mühe habe, heute mehr noch als sonst.

Oben ist eine kleine Plattform, aber eine Bank gibt es hier nicht. Ich stütze mich also auf Viktors Rollstuhl und schaue in die Runde, wie es dieser Standort ja verlangt. Buschwerk und Bäume verdecken den Teich. Man sieht nur ein Stück des jenseitigen Ufers, nicht den Pavillon und nicht den Steg, auf den ich mit Sicherheit noch zu sprechen komme. Ich schaue nach links, wo unser altes Gymnasium liegt, ein Sammelsurium aus verschiedenen Gebäudetrakten, irgendwie miteinander verbunden, verwinkelt und konzeptionslos, weil immer noch etwas Neues hinzugebaut worden ist. Der Entwurf des Architekten ist längst verdorben. Ein guter Ansatz vielleicht, aber was ist daraus geworden! Ein guter Ansatz vielleicht ... Das könnte man auch über Viktor sagen. Bezeichnend für mich, daß ich alles und jedes auf ihn beziehe.

Ich wende den Rollstuhl, damit Viktor nach der anderen Seite schauen kann. Ich tue es ungern, aber er legt auf diesen Ausblick besonderen Wert. In einiger Entfernung erstreckt sich ein langes, fast fensterloses Gebäude, man könnte es für eine Fabrik halten.

Viktor steckt die Nase in die Luft und schnuppert. «Riechst du es? Es ist zu riechen, sogar noch gegen den Wind.»

Zunächst einmal nehme ich zur Kenntnis, daß Viktor wieder mit mir spricht. Um ihn zufriedenzustellen, sage ich: «Ja, es ist zu riechen, aber nur ganz schwach.» Tatsächlich rieche ich gar nichts, muß allerdings einräumen, daß bei entsprechenden Windverhältnissen manchmal ein recht infamer Geruch herüberzieht: der Geruch von Kot, Gedärm und Blut, wie er nun mal von einem Schlachthof ausgeht, dessen Filteranlagen veraltet sind.

«Manchmal roch der Alte nach Schweinemist», sagt Viktor unvermittelt.

Ich blicke ihn erschrochen an. «Als Geschäftsführer kam er doch kaum in die Schlachthallen hinein. Wie kann er da …» Ich bin ehrlich empört. Schließlich geht es um Renates Vater. Natürlich ist Viktors Behauptung völlig aus der Luft gegriffen. Das weiß er auch. Er will nur etwas Abwertendes sagen, denn er hat seinen Schwiegervater nie gemocht. Wie er auch Renate nicht so geliebt und geachtet hat, wie es ihr zugekommen wäre.

Viktor merkt, daß ich mich getroffen fühle. Aber es reicht ihm noch nicht. «Weißt du eigentlich, wegen was für einem Dreck sie zu Tode gekommen ist?»

Ich schüttle stumm den Kopf. Er will mir absichtlich Kummer bereiten. Als Erwiderung auf meine Widersetzlichkeit von vorhin. Denn ich habe Renate geliebt. Mehr noch, sie war meine große und einzige Liebe. Ich muß es so sagen, denn es war so.

Viktor sieht mich lauernd von der Seite an und bleibt unerbittlich. «Ich sage dir, weswegen: wegen Vogeldreck. Ein Vogel hatte oben in Marthas Giebelraum etwas gegen die Scheibe gemacht. Sie will es wegwischen, lehnt sich zu weit aus dem Fenster, verliert den Halt und stürzt ab. Den Vogeldreck hat sie noch wegbekommen. Aber das war's nicht wert. Längst vorbei das alles. Vergeben und vergessen.»

Ich weiß nicht, was ich sagen soll. Wie kann er so über Renates Tod sprechen! Renates Tod ... ihr Tod ... das sind Worte, die ich lange Zeit gar nicht aussprechen, nicht einmal denken konnte. Gewiß, das alles liegt nun schon 30 Jahre zurück, aber es hat in mir fortgewirkt. Viktor hatte Renate nicht verdient! Sie hat ihn mir vorgezogen, aber sie hat dafür bitter gebüßt.

Unser Weg führt bergab. Zum Steg hin, dem Höhe- oder auch Wendepunkt unserer Spazierfahrt. Denn danach streben wir zurück in Viktors Haus. Meist zügig und ohne viel Worte.

Es geht also bergab. Ich fühle mich heute nicht gut. Viktor hat es nicht bemerkt. Wenn ich mich wirklich nicht gut fühle, bemerkt er es nie.

«Zieh die Bremse ein bißchen an!» sage ich. «Sonst komme ich ins Laufen, und mir nichts, dir nichts liegen wir im Teich.» Die Bremse sitzt links, und Viktor kann sie somit selber betätigen.

Wir sind am Steg angelangt. Ich tupfe mir den Schweiß von der Stirn. Viktor ignoriert es. Natürlich. Ich muß ihn ein Stück auf den Steg hinausschieben. Direkt am Ufer ist ein Schilfstreifen. Aber am Ende des Steges haben wir freie Sicht nach allen Seiten. Wir können nach den Enten ausschauen, und sie schauen wohl auch nach uns aus, denn sie kommen eilig herangepaddelt. Der Steg ist etwas abschüssig. Ich fordere Viktor auf, die Bremse fest anzuziehen, und nehme die Tüte mit Brotkrumen und anderem Zeug aus der Seitentasche des Rollstuhls. Mit Brotkrumen und anderem Zeug, das Enten gern mögen. Die Enten sind glatt und wohlgenährt. Sie sind auf unser Futter nicht angewiesen. Weshalb ist Viktor so versessen darauf, sie zu füttern? Weil er Tiere mag? Eher wohl gefällt er sich in der Rolle des Spenders. Genießt es, Mittelpunkt zu sein, auch wenn es nur Enten sind, die zu ihm aufquaken. Wer alt ist, unansehnlich, fett und gelähmt, muß über jede Form der Zuwendung froh sein. Auch wenn es sich nur um Enten handelt.

«Eigentlich ist es nicht selbstverständlich, daß du mich spazierenfährst», sagt Viktor.

Zuwendung, gar von mir? «Langeweile», sage ich. «Und ich brauche ein bißchen Bewegung.»

»Aber du unterhältst dich ganz gern mit mir. Gib es zu. Über die alten Zeiten. Längst vorbei das alles.»

Ich greife in die Tüte mit Entenfutter und werfe ihnen eine Handvoll zu. Nicht gerade behutsam. Sie kreischen empört auf, spreizen die Flügel und flattern ein Stück zur Seite.

Warum fahre ich Viktor spazieren? Warum tue ich es, obwohl es mir keine Freude bereitet? Warum suche ich seine Gesellschaft? Genieße ich es, daß ich noch recht flott zu Fuß bin, während er schwer und schmerzbeladen in seinem Rollstuhl sitzt? Seien wir mal ehrlich! Wer ist ganz frei von solchen Gefühlen? Wer empfindet nicht klammheimlich ein bißchen Genugtuung, wenn er die Todesanzeigen in der Zeitung liest, wenn er von Unfällen und Katastrophen hört und im stillen darauf wartet, daß die Zahl der Opfer sich noch erhöht? Oder wenn er an den Krieg denkt, den er überlebt hat und andere nicht.

«Die Gegenwart», sagt Viktor, «das sind die Enten, das ist der Teich, der Steg und der Rollstuhl und meine lahme rechte Seite und der Schmerz und das Alter und der ganze Scheißdreck.»

Was soll ich dazu sagen? Ich seufze also aus Solidarität kurz auf.

«Die Zukunft», fährt Viktor fort, «die Zukunft ist nichts als ein Windei. Und was mich noch erwartet, das kann mich nur mit Sorge erfüllen. Du bist ja noch gut dran. Jetzt hast du mir was voraus. Darauf hast du doch immer gewartet. Sei ehrlich!»

«Ich habe dich zeitlebens um dieses und jenes beneidet. Das gebe ich zu. Aber ich habe es dir nicht *ge*neidet. Dich *be*neidet, aber es dir nicht *ge*neidet, verstehst du?»

«Ich versteh schon. Aber ist da wirklich ein Unterschied?»

Wir schauen auf die Enten, für die es einen Unterschied bestimmt nicht gibt. Sie neiden einander die Brotkrumen, aber sie beneiden sich nicht. Sie beneiden sich nicht um das glattere Gefieder, um die glänzendere Farbe, um das lautstärkste Schnattern und die kräftigsten Schwimmstöße. Ich habe Viktor beneidet, und ich habe ihm alles geneidet, seine Erfolge, sein Können, sein Aussehen, seine Überlegenheit und seine Kraft.

Und sogar seine Fähigkeit, rücksichtslos und brutal zu sein.

Ich blicke auf den Rand des Steges, auf die blinkende Wasserfläche darunter, denke an das Schwimmbad. Ich sitze am Rande der Fünf-Meter-Plattform, sitze nur so da und lasse die Beine baumeln, schaue nicht nach unten, denn fünf Meter sind eine beträchtliche Höhe, wenn man hinunterschaut und nicht hinauf. Ich sitze nur da, denke gar nicht daran, zu springen. Glaube vielleicht, es werde Viktor beeindrucken, daß ich überhaupt heraufgestiegen bin. Er sieht mir über die Schulter, so wie ich jetzt ihm über die Schulter sehe. Und plötzlich gibt er mir einen Tritt, einen Stoß, oder beides zusammen, und ehe ich nach Luft schnappen kann, klatsche ich aufs Wasser, ich weiß nicht, wie, gerate tief hinab, schlucke Wasser, rudere wild mit Armen und Beinen, um wieder nach oben zu kommen. Als ich es geschafft habe, schießt Viktor einige Meter von mir entfernt mit einem Kopfsprung in die Flut. Ich quäle mich aus dem Becken, werfe ihm keinen Blick mehr zu, gehe in die Umkleidekabine, ziehe mich an und verlasse das Schwimmbad. Wir sehen uns am nächsten Tag in der Schule. «Du kannst dich nicht überwinden», sagt Viktor. «Ich wollte dir helfen. Jetzt hast du es jedenfalls mal gemacht.»

So war er. Er half mir und schadete mir dabei doch. Er schadete mir und gab vor, mir zu helfen.

Ich schiebe Viktor zügig zurück nach Haus.

Wenn der Aufenthalt auf dem Steg beendet ist, wenn das Interesse der Enten erlahmt, kommt sozusagen nichts mehr. Der Weg zurück hat kein Gewicht. Wir bewältigen ihn schweigend. Ich bin etwas außer Atem, als wir Viktors Haus erreichen.

Das Haus liegt in einer Allee mit hohen, dichten Bäumen. Die Straße wirkt düster, und auch das Haus sieht abweisend aus. Ein Eisengitter grenzt das Grundstück zur Straße ab. Das Gebäude ist spitzgieblig, aus rotem Backstein erbaut, die stellenweise Ornamente bilden. Ein Haus aus den zwanziger Jahren, neue Backsteingotik, wie Viktor sagt. Die Scheiben vielfach durch Sprossen unterteilt. Wie Augen, denen der freie Ausblick verwehrt ist. Ein ansehnliches, stilvolles Haus, streng und steif zwar, außen wie innen, ein Haus aber, wie es dem Betreiber einer größeren Baufirma zukommt.

Einige Stufen führen zum überdachten seitlichen Eingang hinauf. Ich läute. Im Hause bleibt es lange still. Dann Schritte, die Tür wird einen Spalt weit geöffnet. Frau Mumms Gesicht erscheint. Frau Mumm ist Viktors Pflegerin. Eigentlich wäre es an ihr, ihn spazierenzufahren. Aber Viktor mag sie nicht. Er spricht nur das Nötigste mit ihr, und es fällt von beiden Seiten kaum ein freundliches Wort. Frau Mumm tut ihre Pflicht, sie führt aus, was Viktor anordnet, prompt und mürrisch. Viktor ist zwar weitgehend hilflos und auf Frau Mumm angewiesen, aber er hat es ihr von Beginn an nicht gestattet, den mitleidsvoll-herablassenden Ton anzuschlagen, den Krankenpflegerinnen zumeist für angebracht halten. Er nimmt Frau Mumm zur Kenntnis als Hilfsmittel, wie eine Waschschüssel oder ein Klosettbecken. Wahrscheinlich haßt sie Viktor deshalb. Ihm ist es gleich. Selbst in seinem gegenwärtigen Zustand erträgt er eine solche Beziehung den ganzen Tag lang und auch die Nacht noch, wenn er nicht einschlafen kann. Er ist voll Kraft, ein starker Typ, war es von je, ist es geblieben und wird es sein bis zuletzt ... Ich bewundere ihn, immer noch, trotz allem. Vielleicht jetzt ganz besonders, weil ich nicht mehr in seinem Schatten stehe.

Für Viktors Rollstuhl ist eine hölzerne Auffahrrampe angelegt worden. Mit Frau Mumms Hilfe schiebe ich ihn hinauf. Dann verschwindet sie mit Viktor im Schlafraum, um einiges mit ihm zu bewerkstelligen, und wenn ich gerufen werde, sitzt er in seinem Sessel, eine Decke säuberlich über den Knien.

Frau Mumm bringt Kaffee und ein wenig Gebäck, aber ein Gespräch zwischen Viktor und mir ergibt sich zumeist nicht mehr. Wir wechseln ein paar Worte, trinken unseren Kaffee, essen lustlos ein Stück Gebäck, und ich verabschiede mich. Heute aber äußere ich einen Wunsch. Viktor hat über Renates Tod gesprochen. Die Art und Weise, in der er es tat, hat mich unangenehm berührt, aber über die näheren Umstände habe ich erstmals etwas von ihm erfahren. Damit ist ein

Bann gebrochen. «Mir liegt sehr daran, das Zimmer zu sehen, aus dem Renate abgestürzt ist», sage ich, und Viktor zuckt dazu nur mit den Achseln.

Frau Mumm geht mit mir nach oben. «Da ist ständig abgeschlossen», sagt sie. «Drinnen ist bestimmt alles voll Staub.»

«Sie waren noch nicht drin?»

«Was hab ich da zu suchen? Nein, nein.» Sie schüttelt nachdrücklich den Kopf.

«Spukt es etwa darin?» Die Frage ist scherzhaft gemeint.

Sie antwortet nicht, weist auf die Tür, drückt mir den Schlüssel in die Hand und geht entschiedenen Schrittes wieder nach unten.

Ich schließe auf, trete behutsam ein. Ein großer Raum mit schrägen Wänden, holzverkleidet. Ein flauschiger Teppich, der wohl einmal weiß war. Eine Liege, Regale, Schränke, Sitzmöbel, alles modisch und dem Geschmack eines jungen Mädchens entsprechend. Poster an den Dachschrägen, einige haben sich halb gelöst, hängen wie welke Blätter herab. Ich erkenne die Beatles, Mick Jagger, Jean Marais. Filmplakate: Orphee, Fahrraddiebe, Vom Winde verweht. Mich zieht das Fenster an. Es liegt gegenüber an der Giebelwand. Blind die Scheiben. Vogeldreck würde zur Zeit nicht stören.

Der Raum wirkt fremd und tot. Der Kontrast macht es wohl, der Kontrast zwischen der modisch-jugendlichen Einrichtung und dem Staub, der über allem liegt. Ich muß an ein totes Mädchen denken, jung, schön und eigentlich zum Leben bestimmt, nicht zu Staub und Moder. Seit dreißig Jahren steht hier die Zeit still.

Zögernd trete ich ans Fenster. Hier also ist es geschehen. Sie hat das Fenster geöffnet, so wie ich jetzt, hat sich hinausgelehnt, die Flügel schwenken nach außen, hat ihren Blick nach unten gewendet, auf die Fliesen der Terrasse, wie ich jetzt. Blutflecke auf den Fliesen? Ich sehe genau hin. Zieht mich etwas hinab? Unsinn. Renates letzter Blick ... Eine leichte Hand berührt mich an der Schulter. Ich wage für Augenblicke nicht aufzusehen. Klammre mich am Fensterrahmen fest, wende dann doch den Blick. Renate! Renate, aber gealtert, strenger. «Renate», sage ich, oder forme den Namen nur mit den Lippen. Sie ist es nicht, natürlich nicht. Ich atme tief durch. Es ist Martha, Renates Tochter.

«Entschuldigung, ich habe Sie erschreckt», sagt sie.

Als Renate starb, war Martha ein Mädchen von dreizehn Jahren. Jetzt ist sie Anfang Vierzig.

«Ich mag es nicht, wenn jemand diesen Raum betritt», sagt sie. «Die Tür ist abgeschlossen. Und nicht nur die Tür. Ein Leben ist hier abgeschlossen. Es kommt nichts mehr, und deshalb bleibt dieser Raum, wie er ist, und niemand rührt etwas an.»

Sie zieht mich sanft, aber bestimmt zur Tür, ins Treppenhaus, schließt behutsam ab, dreht den

Schlüssel zweimal im Schloß. «Ich werde ihn fortwerfen», sagt sie.

Ich entschuldige mich für mein Eindringen. «Ich habe es bisher nie fertiggebracht, hierher zu kommen. Jetzt, nach dreißig Jahren … Es war für mich auch heute noch sehr bewegend. Auf unserem Spaziergang hat Ihr Vater zum erstenmal über die Umstände ihres Todes gesprochen. Deshalb drängte es mich heute, den Ort zu sehen, an dem …»

«Er hat darüber gesprochen? Und was hat er dazu gesagt?»

«Beim Reinigen der Fenster sei es geschehen.»

«Sonst nichts?»

«Mehr weiß er darüber auch nicht.»

«Und woher weiß er, daß es beim Reinigen der Fenster geschehen ist?»

Ja, woher weiß er das eigentlich? Er war doch nicht dabei.

Martha besucht ihren Vater hin und wieder. Ich habe sie nur wenige Male getroffen, und wir haben uns immer nur kurz unterhalten, zumeist über den Gesundheitszustand Viktors. Es macht mich immer etwas betreten, wenn ich ihr gegenübersitze. Ihre Ähnlichkeit mit Renate weckt tausend Empfindungen. Ich will nicht übertreiben, aber auch dreißig Jahre nach Renates Tod sind meine Gefühle für sie nicht erloschen. Denn nach ihr ist keine Frau mehr in mein Leben getreten, keine Frau, die mir etwas bedeutet hätte.

Ich vermeide es möglichst, Martha anzusehen.

Und ich versuche mir klarzumachen, inwiefern Renate eben doch anders wirkte, frischer, weniger streng. Als ich Renate zum letztenmal sah, war sie allerdings auch erst Mitte Dreißig. Martha ist Anfang Vierzig, ich sagte es schon.

Ich erinnere mich an unser Zusammentreffen am Grabe Renates. Ich hatte es nicht über mich gebracht, zu Renates Beerdigung zu gehen. Jetzt besuchte ich ihr Grab, hatte ein Blumengebinde mitgebracht. Als Tote war sie wieder frei, nicht mehr an Viktor gebunden, und im Gedenken konnte ich ihr nahe sein. Jemand stand plötzlich hinter mir. Ich wandte mich um, und es war wie vorhin am Fenster: Ich glaubte, Renate vor mir zu sehen, eine Renate von dreizehn oder vierzehn Jahren.

«Ist Ihnen schlecht?» fragte sie. «Haben Sie was?»

Ich sah sie an und stand wohl etwas unsicher auf den Beinen.

Sie faßte mich am Arm. «Lange nicht gesehen, und doch wiedererkannt. Was habe ich früher gesagt? Onkel Alfons, nicht?»

Ich ergriff ihre Hand, sah sie immer noch an.

«Ich soll meiner Mutter sehr ähnlich sehen. Starren Sie mich deshalb so an?»

Ich sagte irgend etwas, etwas Belangloses, das der Situation überhaupt nicht gerecht wurde. Renates Tochter! An dieser Stätte. Es war Jahre her, daß ich sie zuletzt gesehen hatte.

Sie nahm ein Schraubglas von einem anderen

Grab, es lag hinter dem Stein, ging zu einer Wassertonne, die ein paar Gräber weiter am Ende des Weges stand, kam mit dem gefüllten Glas zurück, griff sich meine Blumen und stellte sie hinein.

«Es hat nicht viel Zweck, Schnittblumen mitzubringen», sagte sie. «In einem Tag sind sie Abfall, und ich muß sie dann wegbringen. Wenn's geht, besser keine Blumen.» Sie rupfte ein paar Büschel Unkraut aus.

«Dein Vater kommt selten her?» fragte ich, um überhaupt etwas zu sagen.

«Er mag Friedhöfe nicht. Ich halte die Grabstelle in Ordnung, nachdem hier alles hergerichtet ist, Stein aufgestellt usw.»

Wahrscheinlich bekam sie Geld für ihre Arbeit. Fast hätte ich sie danach gefragt. Wir wechselten noch ein paar Worte. Belanglos alles, viel zu belanglos. Auf den Verlust ihrer Mutter ging sie mit keinem Wort ein. Eine pflegeleichte Bepflanzung der Grabstelle war ihr wichtig. War ich der einzige Mensch, der um Renate trauerte?

‹Längst vorbei das alles. Vergeben und vergessen›, würde Viktor sagen. Martha ist noch heute ein nüchterner Mensch, nicht mehr die jüngste, von strenger Art, aber keineswegs eine verhärmte alte Jungfer, wie man meinen könnte. Man fühlt sich verstanden, wenn man sie anschaut und sie den Blick erwidert. Ich habe den Eindruck, daß sie ihr Gefühlsleben verbirgt, es zurückdrängt, vergewaltigt sozusagen. Vielleicht ist es eine Art Selbstschutz. Martha hat nicht geheiratet und auch nie danach gestrebt, wenn ich den Worten Viktors glauben darf. Sie lebt – warum soll ich es verschweigen –, sie lebt mit einem jungen Mädchen zusammen, mit ihrer Freundin Marion, und diese Freundschaft ist wohl etwas mehr als reine Freundschaft. Man weiß darüber nichts. Martha selber äußert sich nicht, und Viktor spricht manchmal etwas unwirsch vom ‹dummen Weibervolk, das sich immer nur selbst begackert›. Ich meine, Martha kann tun und lassen, was sie will, leben, wie sie will. Das ist ihre Sache und geht niemanden etwas an.

Dabei scheint es, als könnte nichts ihr etwas anhaben. Mager und stolz geht sie einher, aufrecht und gespannt sitzt sie auf der Sofakante, die Beine eng übereinandergeschlagen, die Arme verschränkt, straff das Haar zum Knoten gebunden. Und doch erinnert sie mich an Renate. Es ist, als ob Renate sich in ihr verbirgt, durchscheint, hinaus möchte …

«Sie haben heute ganz besonders intensiv an meine Mutter gedacht», sagt sie. «Es tut mir leid, daß ich oben in meinem alten Wohnraum ein wenig schroff zu Ihnen war.» Sie streicht sich über das Haar und sieht mich an. Renates Gesten, Renates Blick.

Ich schaue auf meine Schuhspitzen, denke an Marthas Besuch vor fast dreißig Jahren, bald nach unserem Zusammentreffen am Grabe Renates.

Sie kam unangemeldet, schien sich zu diesem Besuch ganz plötzlich entschlossen zu haben. So burschikos wie auf dem Friedhof wirkte sie ganz und gar nicht. Wir saßen uns gegenüber, wechselten ein paar belanglose Worte, ich bot ihr ein Glas Apfelsaft an. Sie lehnte ab, hatte offenbar etwas auf dem Herzen, wußte aber nicht, wo sie beginnen sollte. Mehrfach setzte sie dazu an. Ich versuchte vergebens, ihr zu helfen.

«Sie sind doch ein Freund meines Vaters. Schon seit vielen Jahren. Deshalb meine ich, daß Sie … wo Sie ihn doch schon so lange kennen …»

«Ich glaube, keiner kennt ihn besser als ich. Licht- und Schattenseiten.»

«Um die Schattenseiten geht es.» Sie druckste herum, sprach über das schlechte Verhältnis zwischen ihren Eltern, kam auf einen Freund zu sprechen, den sie nicht mit ins Haus bringen durfte, obwohl ihr Vater keinen plausiblen Grund dafür angeben konnte.

Ich hielt ihr entgegen, daß es zwischen den Generationen immer ein gewisses Maß an Unverständnis gebe. Ich sprach von dem Freiheitsdrang der Heranwachsenden und der Neigung der Eltern, ihre Kinder möglichst lange in ihrer Obhut zu halten, beziehungsweise in ihrer Gewalt. Ich sprach auch von der Eifersucht der Väter auf ihre Töchter, einer versteckten Eifersucht, unter der alle Bewerber um die Gunst der Töchter zu leiden hätten. Ich merkte, daß ihr an solchen allgemeinen Erklärungen nichts lag. Sie hatte etwas ganz Konkretes im Sinn. «Eifersucht», sagte sie, «das gibt es doch nur bei Liebespaaren oder …

wenn es sich um ein besonders enges Verhältnis handelt, ein besonders enges ...»

Je mehr ich redete, desto mehr verschloß sich ihre Miene. So umkreisten wir ihr Anliegen, näherten uns ihm vorsichtig und wichen wieder aus. Ich merkte, daß es um intime Dinge ging, die sich zwischen ihr und ihrem Vater abspielten. Aber ich kam ihr nicht entgegen. Konnte ich denn mit einer Vierzehnjährigen über so heikle Dinge sprechen? Mischte ich mich nicht in etwas ein, das mich nichts anging? Ich empfand Unbehagen, ja sogar Furcht. Ich bin nicht der Mann, den man in einer so heiklen Situation um Hilfe bitten kann. Und ich malte mir aus, wie ein Gespräch mit Viktor wohl verlaufen würde, wenn ich ihm mit erhobenem Zeigefinger kam, um ihn zurechtzuweisen. Ich würde eine schmachvolle Niederlage einstecken müssen. So bot ich Martha keine Hilfe, wo Hilfe nötig gewesen wäre.

Sie ging mit trotziger Miene, entschlossen wohl, mich nie wieder aufzusuchen. Zum Abschied gab sie mir nur flüchtig die Hand und sah mich mit einem Blick an, in dem Enttäuschung oder gar Verachtung lag.

Ich sah Martha erst wieder, als Viktor seinen Schlaganfall erlitten hatte. Bis dahin war sie nur selten in ihrem Elternhaus gewesen. Schon bald nach ihrem Besuch bei mir schickte Viktor sie auf ein Internat, und daran schloß sich eine Ausbildung als Krankengymnastin an, die sie auch auswärts absolvierte. Jetzt betreibt Martha eine Praxis, die am anderen Ende der Stadt liegt.

«Seit mein Vater halbseitig gelähmt ist, braucht er Hilfe und ein bißchen Zuwendung», sagt sie. «Im Grunde war er immer ein schwacher Mensch. Heute sollte manches vergessen sein, was früher war. Das sehen Sie doch auch so?»

Ich nicke. Aber sehe ich es wirklich so? Ich sehe es nicht so, keineswegs. Viktor hat mich um alles gebracht, was mir etwas bedeutete. Nicht nur um die Frau, die ich geliebt habe. Auch meine berufliche Entwicklung hat durch ihn Schaden genommen. Ich komme noch darauf.

Unser Gespräch versiegt. Für uns beide ist es erleichternd, daß die Türglocke läutet.

Eine Dame, Ende Fünfzig vielleicht, aufwendig-dekorativ gekleidet, mit leichtem Make-up und viel Schmuck – eine Dame, zumindest auf den ersten Blick. Ihre Sprechweise affektiert, aber was sie sagt, klingt recht robust.

Ich werde vorgestellt, verstehe ihren Namen nicht, frage höflichkeitshalber nicht nach. Ich erfahre ihren Namen später: Kliem-Kuster. Sie legt Wert auf den Bindestrich. Eigentlich schreibt sie sich Kliemkuster, ohne Bindestrich. Mit Bindestrich liest es sich zumindest gewählter.

Sie sieht mich feindselig an. «Ach, Sie sind das!»

Ich ziehe amüsiert die Augenbrauen hoch. Was will die Frau? «Ganz recht, das bin ich. Und das sind Sie, wie ich annehme.» Das klingt ein bißchen herausfordernd, aber so tritt auf, wer nicht mehr im Schatten eines anderen steht.

Ihr Blick wird nun geradezu gefährlich, wäre schon geeignet, einen Menschen mit einem schwachen Selbstbewußtsein einzuschüchtern. Sie erkundigt sich nach Viktors Befinden, scheint besorgt, äußert den dringenden Wunsch, ihn zu sehen, würdigt mich keines Wortes mehr.

Ich weiß: Bis vor kurzem war es ihr Privileg, Viktor im Rollstuhl auszufahren. Jetzt bin ich an ihre Stelle getreten, und das verzeiht sie mir nicht.

Als ich mich von Viktor verabschieden will, hat sie ihn bereits mit Beschlag belegt. Er sitzt im Sessel am Fenster, eine Decke über die Knie gebreitet, Strickjacke, gebügeltes Hemd, seidener Schal. Frau Mumm tut, was sie kann, auch wenn es ihr nicht gedankt wird.

Frau Kliemkuster, ich lasse den Bindestrich weg, beugt sich über ihn, zupft an seinem Schal, als müßte sie ihn in Ordnung bringen, würde ihm wohl am liebsten über seinen dünn behaarten Schädel streicheln, tritt kaum zur Seite, als ich Viktors linke Hand flüchtig drücke.

«Wir sehen uns?» fragt er. «Übermorgen zur selben Zeit, wenn das Wetter gut ist? Hat mir gefallen heute. Die alten Zeiten …»

«Längst vorbei das alles», antworte ich mit seinen Worten.

Frau Kliemkusters Blick verdunkelt sich. Sie leidet.

«Vielleicht möchte die Dame dich auch mal ausfahren», sage ich, um ihr Leid zu steigern.

«Die Dame braucht bald selber einen fahrbaren Untersatz.» Das ist stark. So spricht jemand, dem an Frau Kliemkusters Wohlwollen nicht das geringste liegt. Sie entschließt sich, seine Äußerung als Scherz aufzufassen, als groben Männerscherz. Sie lacht spitz, gibt ihm einen neckischen Klaps auf die Finger. Dann wendet sie den Kopf, und mich trifft ein Blick, ein Medusenblick, der mich veranlaßt, augenblicks das Weite zu suchen.

Zweiter Gang zum Ententeich

Der übernächste Tag. Wie verabredet. Das Wetter läßt es zu. Es ist noch nicht zu kühl für Ende September. Aber Viktor hat sich verletzt. Die linke Hand ist bandagiert. Anklagend hält er sie mir entgegen. «Sieh dir das an! Die rechte Hand sowieso gelähmt und nun auch noch die linke kaputt!» Was geschehen sei? Frau Mumm habe ihn im Rollstuhl auf die Terrasse geschoben. Heute vormittag. Habe ihn dort abgestellt. Ein vorwurfsvoller Blick in Richtung Frau Mumm.

Sie beteuert ihre völlige Schuldlosigkeit. «Herr Wendlich hat an der Handbremse gespielt», sagt sie. «Da ist sie losgegangen, und der Rollstuhl ist umgekippt.»

«Sie hatte ihn an eine abschüssige Stelle geschoben. Er rollt zum Terrassenrand und kippt mich in die Rosenbeete. So war das. Die Frau Mumm sollte eigentlich mit Rollstühlen umgehen können. Wenn sie ihn denn schon an einer abschüssigen Stelle placiert, muß sie die Räder zusätzlich blockieren, mit einem Keil oder so was.»

Sie wehrt sich. «Herr Wendlich hätte doch die Bremse wieder anziehen können, nachdem er sie losgespielt hatte.»

«Als ich es merkte, war es schon zu spät. Ich war am Lesen. Die Erinnerungen von Albert Speer. Hitler aus einer ungewohnten Perspektive. Kritisch, aber nicht ohne Sympathie. Da wird deutlich, wie der Teufel in jemandem steckt, dem man es gar nicht unbedingt anmerkt. Der persönlich ganz umgänglich ist, Alfi, so wie ich.»

«Na ja», sage ich, «dir kann man manches anmerken.»

Ich verzichte ungern auf den Gang zum Ententeich. Die Umgebung dort, das ganze Drum und Dran, die Enten, die Erinnerungen – all das schafft eine entspannte Atmosphäre. Viktor spricht manches aus, das sonst nicht über seine Lippen käme. Und darauf lege ich es an. Ich weiß noch nicht genug über Renates Tod.

«Ich will dich nicht enttäuschen, Alfi», sagt Viktor mit süffisantem Lächeln. «Du hast dich doch sicher schon auf unseren Spaziergang gefreut. Es wird wohl gehen.»

Der Rollstuhl wird geholt. Viktor läßt sich von Frau Mumm und mir hineinhelfen. Sie kontrolliert vorsichtshalber die Handbremse. «Geht ein bißchen schwer», sagt sie und sieht uns warnend an. «Seien Sie vorsichtig!»

Viktor versucht den Hebel zu betätigen. Mit der verletzten Hand schafft er es nicht. Ich muß es heute übernehmen. Der Hebel ist nicht mehr gängig genug, die Bremse greift aber. Das Bremsgestänge kann sich beim Kippen des Rollstuhls ein wenig verbogen haben.

«Ich bekomme in ein paar Tagen einen neuen. Ist schon vorige Woche bestellt», sagt Viktor. «Einen mit Trommelbremsen und einem zusätzlichen Bremsgriff für den, der schiebt. Sonst wie dieser, also mit Einhandbremse und Einradantrieb links. Obwohl ich die Kraft im linken Arm kaum noch habe.«

Viktor ist ein Kenner von Rollstuhlfabrikaten, wie sich zeigt. Normale Rollstühle haben Greifreifen auf beiden Seiten und auch beiderseits eine Bremsvorrichtung. Für einseitig Gelähmte gibt es einen Doppelgreifreifenantrieb, wie Viktor erläutert. Das bedeutet, die Betätigung des einen Reifens wirkt in gleicher Weise auf den anderen. Entsprechend bremst auch eine Einhandbremse beide Räder. Da Viktor rechts gelähmt ist, befinden sich Greifrad und Bremse links. Heute muß ich ihm also die Bedienung des Bremshebels abnehmen. Die Bremse hält. Wir vergewissern uns noch einmal. Kein Problem.

Der Weg zum Pavillon am Ententeich. Grau und ausdruckslos der Himmel. Der Boden vom letzten Regen aufgeweicht. Ich habe besondere Mühe, den Rollstuhl zügig zu schieben, lasse mir aber wie immer nichts anmerken.

«Leg ’ne Pause ein!» sagt Viktor. «Ich merke doch, du kannst nicht mehr.»

Ich nehme mich zusammen, schiebe mit aller Kraft. «Das sagst du an dieser Stelle jedesmal.»

«Weil es jedesmal dasselbe ist.»

«Ich glaube, du willst es mir bloß einreden.»

«Ach ja? Etwa, weil ich neidisch wäre, daß du auf deinen krummen Tangenten noch laufen kannst und ich nicht einmal mehr stehen?»

«Tangenten sind gerade. Und komm nicht mit solchen Unterstellungen, sonst kannst du dich von der Mumm oder der Kliemkuster schieben lassen.»

Er lacht. «Das ist allerdings eine böse Drohung! Übrigens, guck dich mal unauffällig um. Ist die Kliemkuster hinter uns? Siehst du sie irgendwo?»

«Ich sehe nichts. Wirkst du immer noch so anziehend auf Frauen?»

«Vorgestern war sie auch hinter uns. Sie gibt nicht so leicht auf.»

«Sag ihr doch, daß sie dir lästig ist.»

«Könnte ich. Aber irgendwie brauche ich so was wie sie. Es hält mich aufrecht. Mir geht's nämlich nicht gut, mein Lieber. Die rechte Hälfte wird nicht wieder. In der Klinik haben sie es mir gesagt. Dauerpflege rund um die Uhr. Der Rollstuhl, die Mumm ... bis zum Ende. Kannst du dir eigentlich vorstellen, was es für mich bedeuten würde, wenn ich nur noch einmal ein paar Schritte gehen könnte?»

Ich schiebe ihn in den Pavillon, will mich setzen, muß ihm aber gleich seine Plastik-Ente reichen. Er hat Mühe mit der verletzten Hand. Es ist mir peinlich, aber ich muß ihm behilflich sein. Das übliche zufriedene Grunzen. «Das funktioniert wenigstens noch. Noch! Aber es kommt schon vor, daß ich ins Bett mache – und auch in die Hose. Kannst du dir das vorstellen? Wie ein kleines Kind.»

Ich nehme das Behältnis, als er fertig ist, und gieße den trüben Inhalt über die Brüstung.

Er nickt bedeutungsvoll. «Ich tue dir leid, was?»

«Du tust mir natürlich leid, aber …»

«Aber? Du fühlst dich überlegen. Sei ehrlich. Weil deine dünnen Stelzen dich noch tragen und mir mein ganzer Sport nichts genützt hat.»

Was soll ich sagen? Ich schaue über den Teich, denke an die Vergangenheit.

Wann je hätte man ihn bedauern müssen? Wo er auftrat, fand er Beachtung, ja, Zuneigung. Wo es hierarchische Ordnungen gab, gelangte er schnell nach oben. Er war so was wie eine Führernatur, wobei ich dies keineswegs als positive Wertung verstehe. Man braucht sie wohl, diese Naturen, auch wenn sie herrisch sind, überzeugt von ihrem Wert und rücksichtslos gegenüber denen, die ihnen nicht folgen wollen, sie in Zweifel ziehen oder ihre Ziele gefährden.

Martha meint, Viktor sei im Grunde ein schwacher Mensch. Hat er seine Stärke nur gespielt, seine Schwäche überspielt? Sicher nicht. Oder was versteht Martha unter Schwäche? Daß er eigentlich keine Prinzipien hatte, nach denen er lebte? Daß er tat, wozu es ihn trieb? Gehört es nicht zu einem starken Typ, sich Schwächen zu erlauben? Martha braucht ihre Prinzipien, ihren

Beruf, ein Korsett, bildlich betrachtet, um vor anderen und vor sich selbst zu bestehen. Wenigstens sehe ich sie so. Viktor läßt sich gehen, wann immer es ihm gefällt, und nimmt sich zusammen, wenn es für ihn nützlich ist. Er ist von schwachem Charakter. Insofern hat Martha recht. Aber schwache Charaktere können durchaus starke Naturen sein.

Ich schaue Viktor prüfend an. «Wenn du schon die Kliemkuster in deine Nähe läßt, warum wirfst du dann nicht wenigstens die Mumm raus? Man hat nicht den Eindruck, daß sie dich besonders mag.»

«Sie tut, was ich von ihr verlange. Steht immer bereit, Tag und Nacht. Was will ich mehr?»

«Na, gelegentlich eine freundliche Miene und ein aufmunterndes Wort.»

Viktor lächelt böse. «Es hat mit ihrer Bereitschaft seine besondere Bewandtnis.»

Ich sehe ihn fragend an.

«Sie klaut. Hat sich an den silbernen Bestecken vergriffen. Wäre mir gar nicht aufgefallen. Das Zeug interessiert mich nicht, stammt noch von Renate her. Aber Martha hat nachgezählt. Ich wollte ihr den Kram überlassen. Wir haben der Mumm eine Falle gestellt. Einen Ring hingelegt, wo er eigentlich nicht hingehörte. Sie hat ihn eingesteckt. Martha ist Zeuge. Ziemlich wertvoller Ring. Auch noch von Renate. Du kannst ihn übrigens haben, wenn du willst. Als Andenken. Daran liegt dir doch?»

«Es muß nicht gerade dieser Ring sein. Übrigens möchte ich die Mumm unter solchen Umständen nicht um mich haben.»

«Sie hat alles zurückgegeben, fast vor mir auf den Knien gelegen. Ich habe ihr verziehen, Martha auch, sie wurde nicht angezeigt, nicht bei der Pflegevermittlung gemeldet. Sie muß uns dankbar sein. Jedenfalls muß sie tun, was ich will. Ohne Widerrede. Und so eine Pflegerin kannst du suchen, heutzutage.»

Ich schüttle mißbilligend den Kopf.

Viktors Miene verhärtet sich. «Du verstehst nichts von Menschenführung, Alfi. Man muß seine Leute in der Hand haben. Bei all deiner Intelligenz, Alfi, guck dir an, wie weit du gekommen bist im Leben. Intelligenz und Bildung können helfen, aber entscheidend sind ganz andere Dinge. Du brauchst Leute, die in deinem Sinne und zu deinem Nutzen funktionieren.»

«So wie ich seinerzeit für dich funktionieren sollte», sage ich sarkastisch.

«Ach, nun laß das doch. Vergeben und vergessen.»

Aber warum vergeben? Warum vergessen? Viktor wollte mich benutzen. Zu seinem Vorteil und zu meinem Nachteil. Ich will mich daran erinnern, gerade jetzt. Nichts soll ihm vergeben sein, auch nicht, wenn er ein bedauernswerter Mann im Rollstuhl ist.

Es begann damit, daß Viktor mich für seine Bauarbeiten zu interessieren versuchte. Nicht ohne Hintergedanken. Ende der fünfziger Jahre hatte ich mir in der Verwaltung unserer Stadt eine recht gute Position erarbeitet. Ich war Inspektor, hatte in der Kämmerei gearbeitet und war jetzt dem Hauptamt zugeteilt. Die Beförderung zum Oberinspektor hoffte ich mir durch die Erfüllung einer Sonderaufgabe zu verdienen. Auf Wunsch des Bürgermeisters, Hähnel war es damals, sollte die Zusammenarbeit der einzelnen Verwaltungszweige besser koordiniert werden. Umstrukturierungen in den Ämtern waren deshalb erforderlich. Ich mußte mir Einblick in die Verwaltungsabläufe aller Ämter verschaffen, erkannte Schwachstellen und Rationalisierungsmöglichkeiten, machte mir allerdings auch Feinde. Denn wer schaut schon freundlich zu, wenn festgestellt wird, daß er entbehrlich oder zumindest nicht ausgelastet ist!

Wenn Viktor von seinen unternehmerischen Erfolgen berichtete, mir Bauwerke zeigte, die seine Firma errichtet hatte, konnte ich dem jetzt etwas entgegensetzen. Damals glaubte ich, im kommunalen Bereich Karriere machen zu können. Zu meiner Genugtuung zeigte auch Viktor Interesse für meine berufliche Tätigkeit. «Bei euch liegt die Macht», sagte er, «bei uns fließt das Geld. Aber Geld ist auch Macht. Und Macht wiederum benötigt Geld. Das ist meine Philosophie, Alfi. Wir können uns wunderbar ergänzen.» Das waren so seine Gedanken. Na ja.

Eines Nachmittags nach Dienstschluß holte er

mich mit dem Auto ab, um mir eine größere Baustelle zu zeigen, die mit modernstem Gerät ausgestattet war. Er hatte seinen ersten Turmdrehkran angeschafft, der alle Längs- und Höhentransporte bewerkstelligen konnte. «Damit ist die Zeit der Steine- und Mörtelträger zu Ende», sagte er. «Für die schwersten Arbeiten haben wir jetzt technisches Gerät. Die Arbeitswelt wird humaner.»

«Besser eine schwere Arbeit haben als gar keine», entgegnete ich, was mir einen mißbilligenden Blick Viktors eintrug.

Er zeigte mir einen 500-Liter-Betonmischer. «Mischkies wird mit dem Schrapper zugeführt, dazu kommt Zement aus dem Silo hier, und zwar gewichtsdosiert, wie es benötigt wird», erklärte er stolz. «Früher wurde der Kies geschaufelt, der Zement sackweise zugeschüttet. Jetzt arbeiten wir in großem Stil.»

Er lud mich zum Abendessen ein, und ich war ein bißchen stolz, mit einem Mann wie Viktor befreundet zu sein.

«Solche Geräte müssen natürlich auch ausgelastet sein», sagte er. «Und es ist nicht immer leicht, die nötigen Aufträge an Land zu ziehen. Da gibt es viele Machenschaften, kann ich dir sagen. Und im Vertrauen, in eurem Bauamt geht auch nicht alles mit rechten Dingen zu.»

Ich horchte auf. Für die Arbeit unserer Verwaltung fühlte ich mich in meiner Eigenschaft als Koordinator mit verantwortlich. Viktor tat zuerst so, als wollte er mir nichts Näheres erzählen, machte mich dadurch natürlich noch neugieriger. «Bist du etwa selber darin verwickelt», fragte ich, «und willst deshalb nichts sagen?»

Einen solchen Verdacht wies er weit von sich. «Na gut», sagte er dann, «ich will dir mal erzählen, wie so etwas abläuft. Nur mal eine Möglichkeit von vielen. Wenn zum Beispiel eine Ausschreibung vorbereitet wird, werden Luftpositionen in die Listen eingearbeitet, die mit dem eigentlichen Bau nur indirekt zusammenhängen. Die Firma, die den Auftrag bekommen soll, wird benachrichtigt, setzt für diese Positionen in ihrem Angebot nur ganz niedrige Beträge ein, weil sie weiß, daß sie diese Arbeiten gar nicht ausführen muß. Die Firmen, die das nicht wissen, setzen die vollen Marktpreise ein und liegen dann mit ihrem Gesamtpreis so hoch, daß sie den Auftrag nicht bekommen. Solche Dienste leistet man natürlich nicht aus reiner Freundschaft.» Viktor hob sein Weinglas und prostete mir zu.

Mit einer so allgemeinen Erklärung war ich nicht zufrieden. Wenn so etwas bei uns ablief, wollte ich das meinige tun, um es zu verhindern.

Viktor zierte sich und heuchelte Verständnis. «Es ist doch auch gar kein Wunder. Bei der Besoldung, die ihr bekommt. So wenig Geld und solche Entscheidungsbefugnisse! Das paßt einfach nicht zusammen.»

Ich jedoch war ehrlich empört. Da arbeitete ich nun für mein tatsächlich recht bescheidenes Beamtengehalt nach A 10, und die Kollegen im Bauamt verschafften sich lukrative Nebeneinnahmen.

Viktor gab mir die nötigen Informationen, während wir im Auto saßen. Es ging um zwei Mitarbeiter im Bauamt. Seine Informationsquelle wollte Viktor nicht nennen, aber ich hatte ihn im Verdacht, daß er selber mit den beiden in Kontakt gestanden, daß die Zusammenarbeit nicht geklappt hatte und er es ihnen jetzt heimzahlte. «Tu, was du für richtig hältst», sagte er abschließend. «Aber laß mich auf jeden Fall außen vor.» Er verlangte mir ein feierliches Ehrenwort ab, fast wie unter Jungen üblich, ihn nicht als Informanten zu nennen.

Es gab andere Möglichkeiten, den beiden unsauberen Kollegen auf die Schliche zu kommen. Ich beschaffte mir die in Frage kommende Mappe mit den Ausschreibungsunterlagen und den Auftragserteilungen. Da es sich um eine abgeschlossene Maßnahme handelte, konnte man sie mir nicht verwehren, zumal ich den Wunsch äußerte, mich über Verwaltungsvorgänge dieser Art zu orientieren. Ich fand auch tatsächlich etwas und mußte Viktor noch einmal um eine fachliche Auskunft bitten. Er erteilte sie mir gern, grinste breit und schien mit dem Lauf der Dinge höchst zufrieden.

Schließlich war es so weit: Ich konnte dem Bürgermeister Bericht erstatten. Die Angelegenheit wurde überprüft, es gab einige Aufregung, einer der beiden Beschuldigten wurde aufgefordert, von sich aus die Konsequenz zu ziehen, dem anderen konnte die Beteiligung nicht einwandfrei nachgewiesen werden. Daß ich die Angelegenheit ins Rollen gebracht hatte, war bei den Kollegen in der Verwaltung schnell durchgesickert. Und bei allem Lob des Bürgermeisters hat wohl doch dieser und jener andere mehr Kollegialität von mir erwartet. Jedenfalls bekam ich von jetzt an zu spüren, daß gegen mich gearbeitet wurde.

So begannen Viktors Versuche, mich in die Hand zu bekommen. Zuerst schien es korrekt und nur zu meinem Nutzen zu sein, aber dabei blieb es nicht.

«Längst vorbei das alles», sagt Viktor, als könnte er meine Gedanken lesen.

Ich studiere die Tafel mit den Entenarten oder tue wenigstens so.

«Du weißt manches», sagt Viktor und versucht mir das Gesicht zuzuwenden. «Aber wie man sein Leben erfolgreich lebt, das hast du nie gewußt.»

«Vielleicht war es mir nicht so wichtig. Und wenn Anstand und Ehrlichkeit dabei vor die Hunde gehen, dann möchte ich lieber auf Erfolg verzichten.»

«Schöne Worte, mein Lieber. Wenn's drauf ankommt, sind sie nichts als heiße Luft. Anstand und Ehrlichkeit – wichtig für den, der sonst nichts aufzuweisen hat.»

«Das sehe ich anders. Und ich habe dir seinerzeit auch bewiesen, daß es mir ernst damit ist.»

«Ach was, du hattest ganz einfach Angst. Und hast mir nicht getraut. Das war das Ganze. Du hast immer und überall Angst gehabt.»

«Das ist deine Sicht. Und aus deiner Sicht kannst du es eben nicht anders verstehen. Anstand und Ehrlichkeit sind für dich nichts als Dummheit.»

«Meistens ist es so», sagt Viktor trocken.

Hat er recht? Manchmal habe ich fast den Eindruck. Aber eines übersieht er: Wer sich über Anstand und Ehrlichkeit hinwegsetzt, geht zumeist ein Risiko ein. Und Angst ist das Signal, Vorsicht walten zu lassen. Viktor glaubt wohl tatsächlich, er habe mir vor Jahren eine Chance gegeben, die ich nicht genutzt hätte. Dabei überläuft mich noch heute ein Frösteln, wenn ich an die Gefahr denke, in die ich mich begeben habe. Viktor griff in mein Leben ein, das heißt, es war ein Übergriff, ein Zugriff. Er packte mich an den Wurzeln meiner Existenz, wollte mich auch beruflich in seinen Schatten zwingen.

Wir besichtigten wieder einmal eine Baustelle, und wie immer genoß Viktor es, mir seine Erfolge vor Augen zu führen. Wir standen an einem Förderband, und Viktor rechnete mir vor, wie viele Arbeiter er durch die Einführung von Lkws mit Kippvorrichtung und durch Förderbänder einsparen konnte. Bei den ständig steigenden Löhnen sei das ein unbedingtes Erfordernis.

Viktor war dabei, alle anderen örtlichen Bauunternehmungen zu überflügeln. Er war sehr darum bemüht, durch Übernahme von Ehrenämtern in

Vereinen und Berufsverbänden zu Ansehen und Einfluß zu gelangen. «Was meinst du», fragte er, «soll ich mich in die Stadtverordnetenversammlung wählen lassen? Es geht mir um den Informationsfluß. Als Insider weiß man, was geplant ist, was gebaut werden soll. Straßenausbau, Änderungen des Flächennutzungsplanes, Bebauungspläne – man erfährt alles schon in *statu nascendi*, oder wie das heißt. Aber das Ganze kostet leider sehr viel Zeit.»

«Schick jemanden von deinen Angestellten in die öffentlichen Sitzungen, da kannst du das meiste erfahren.»

«Aber nicht rechtzeitig genug. Mach du das doch für mich, Alfi. Versteh mich richtig. Du sollst mir keine Geheimnisse verraten, nur über das berichten, was sowieso an die Öffentlichkeit kommt. Du kannst beurteilen, was wichtig für mich ist und was nicht.»

«Wir können uns von Zeit zu Zeit unterhalten», sagte ich, und damit ging ich eigentlich schon zu weit.

Wir unterhielten uns also von jetzt an über kommunale Planungen, über Bauvorhaben aller Art. Viktor war manchmal enttäuscht, daß ich ihm so wenig mitzuteilen hatte, und so kam es schon mal vor, daß ich ihn Dinge wissen ließ, die im Magistrat besprochen worden waren, aber noch nicht in der öffentlichen Stadtverordnetensitzung. Ich hatte kein gutes Gefühl dabei, und ich hatte auch kein gutes Gefühl, als ich zu meinem

Geburtstag eine Kiste Wein als Geschenk erhielt. Es blieb nicht bei der einen Kiste. Natürlich waren keinerlei Bedingungen an solche Aufmerksamkeiten geknüpft, und ich tat ja dafür auch nichts Unzulässiges, abgesehen davon, daß Viktor einiges etwas früher erfuhr als andere.

Dann plante die Stadt den Neubau einer Realschule. Es war ein großes Objekt, das bis dahin größte kommunale Bauvorhaben nach dem Kriege. Viktor wollte unbedingt den Zuschlag für die Maurer-, Betonier- und Zimmermannsarbeiten haben. Im Magistrat war beschlossen worden, für die wichtigsten Arbeiten eine begrenzte Ausschreibung vorzunehmen, damit gesichert war, daß wirklich nur solche Firmen beauftragt wurden, die auch imstande waren, Arbeiten in dieser Größenordnung auszuführen. Außerdem wollte der Magistrat sich zur Förderung der heimischen Wirtschaft auf ortsansässige Unternehmen beschränken. Etwa ein halbes Dutzend Firmen kamen in Frage, darunter natürlich auch die Baufirma Wendlich.

Viktor kam bei nächster Gelegenheit auf das Bauvorhaben zu sprechen, wies auf die Leistungsfähigkeit seiner Firma hin und versuchte mir klarzumachen, daß es geradezu im öffentlichen Interesse liege, ihm die Arbeiten anzuvertrauen. «Ihr seid dabei, einem Betrug aufzulaufen, von dem ihr gar nichts ahnt», sagte er mit sorgenvoller Miene.

«Schon wieder ein Betrug? Im Bauamt geht

jetzt aber alles unbedingt korrekt zu. Da kannst du sicher sein.»

«Ich glaube schon, daß du da ganze Arbeit geleistet hast, Alfi. Aber unter meinen Berufskollegen, bei der Konkurrenz, dort ist diesmal der Wurm drin. Ach Gott, ihr habt ja keine Ahnung, was da so alles läuft!»

Meine Neugier war geweckt. «Und was zum Beispiel?»

«Preisabsprachen», sagte Viktor mit düsterem Blick. «Es wird abgemacht, wer den Auftrag bekommen soll. Alle geben ein zu hohes Angebot ab, einer ein niedrigeres, und der erhält den Auftrag. Beim nächstenmal ist dann ein anderer dran. Auf die Art hält man die Preise hoch und treibt sich nicht gegenseitig durch ständiges Unterbieten in den Ruin.»

«Aber von so einem System profitierst du doch auch.»

«Ich mache das nicht mehr mit. Es muß endlich mal einer damit Schluß machen. Letzten Endes führt es nämlich dazu, daß die öffentliche Hand überhöhte Preise zahlen muß, weil das ganze Wettbewerbssystem unterlaufen wird.»

Ich sah ihn mißtrauisch an. «Solche Rücksichten erscheinen mir bei dir ziemlich fremd.»

«Von mir erhaltet ihr ein ehrliches Angebot. Aber ich weiß schon jetzt, daß ich damit den Auftrag nicht bekomme.»

«Weil du diesmal nicht dran bist?»

«Ich will offen zu dir sein. Ich wäre dran gewesen, aber sie haben mich ausgeschlossen aus ihrem Zirkel. Weil ich nicht mehr mitmachen will. Schon beim letztenmal habe ich nicht mehr mitgemacht. Ich habe den Herrschaften einen Strich durch die Rechnung gemacht.»

«Und selber den Auftrag bekommen.»

«Na ja, es sollte halt eine Lehre für sie sein. Und sonst hätte einer den Auftrag bekommen, der gar nicht imstande gewesen wäre, ihn fachgerecht auszuführen. Alfi, es ist ein Verhängnis, daß jeweils der billigste Bieter den Auftrag bekommt. Das Billigste ist manchmal das Kostspieligste. Wenn es nämlich schlecht ausgeführt wird. Man muß dieses System unterlaufen. Du mußt dabei helfen. Damit es euch mit der neuen Schule nicht ähnlich geht. Ich garantiere euch eine erstklassige Ausführung.»

Ich berief mich auf meine Pflicht zur Verschwiegenheit und schlug ihm seine Bitte rundweg ab.

Er tat, als gäbe er sich damit zufrieden.

Im Zuge meines wöchentlichen Berichts an den Bürgermeister über die Ergebnisse meiner Koordinationsarbeit wies ich darauf hin, daß auch seitens der Anbieter für öffentliche Bauvorhaben einiges im argen liege. Mir sei beim Studium von Akten aufgefallen, daß häufig einer der Anbieter sehr deutlich günstiger liege als die anderen. Ich äußerte die Befürchtung, daß auch bei den Ausschreibungen für den Realschulbau Preisabsprachen im Spiel sein könnten, gerade weil es sich hier um eine begrenzte Ausschreibung handle.

Der Bürgermeister ließ daraufhin die Akten mit den Geboten kommen. Wir sahen hinein, die Frist für die Einreichung war noch nicht abgelaufen, aber unter den Geboten für die wichtigsten Gewerke war jeweils eines das deutlich günstigste.

«Wir wollen warten, bis alle eingetroffen sind», entschied der Bürgermeister und sprach mir ein Lob für meine Umsicht aus.

«Na, wie hoch darf ich gehen?» fragte Viktor mich sehr direkt, als wir uns kurz darauf zum Essen trafen. «Oder haben sie dich nicht in die Akten hineinsehen lassen?»

«Doch, schon ...» Er sollte nicht daran zweifeln, daß ich ein wichtiger Mann in der Verwaltung war.

«Na dann, wie hoch kann ich gehen?»

Ich zierte mich noch ein wenig und genoß das Bewußtsein, daß Viktor einmal von mir abhängig war. Außerdem: Absprachen waren ungesetzlich. Warum sollte ich nicht dazu beitragen, sie zu verhindern? Letztlich verschaffte ich der Stadt auch noch einen günstigeren Preis, denn Viktors Gebot würde ja noch unter dem des bisher niedrigsten Bieters liegen.

«Wie hoch willst du gehen?» fragte ich.

Viktor nannte für die einzelnen Positionen eine Zahl. Ich deutete mit dem Daumen nach unten und machte schließlich eine abschließende Geste mit der flachen Hand, wenn das erforderliche Preisangebot erreicht war. Dann wandten wir uns ohne ein weiteres Wort unserem Essen zu.

Alles schien in Ordnung, wir aßen und tranken, aber zum Abschied schob Viktor mir unauffällig einen Umschlag zu, der sich weich anfühlte und offenbar Geldscheine enthielt. Da wurde mir schlagartig bewußt, worauf ich mich eingelassen hatte. Ich schob ihm den Umschlag wieder hin, stand abrupt auf und ging.

Draußen holte er mich ein. «Stell dich nicht an», sagte er, «bei deinem Gehalt kannst du ein paar Nebeneinkünfte gut gebrauchen.»

Ich erklärte kategorisch, daß unsere Gespräche über kommunale Angelegenheiten aufhören müßten, und zwar sofort. Ich lehnte es auch ab, von ihm nach Haus gefahren zu werden.

Viktor erhielt die gewünschten Aufträge. Er hatte die niedrigsten Gebote abgegeben.

«Da bekommen wir auf jeden Fall eine Firma, die leistungsfähig ist», sagte der Bauamtsleiter zu mir. «Ich kenne den Herrn Wendlich ganz gut. Und Sie sind sogar mit ihm befreundet, wie man hört?»

Das hatte ich nun also davon! Die Kollegen dachten sich ihren Teil und tuschelten hinter meinem Rücken, zumal ich ja vorher mit anderen so streng verfahren war. Und wenn ich keine Karriere machte und bei meiner auswärtigen Bewerbung um eine Bürgermeisterstelle in einem kleineren Ort keinen Erfolg hatte, so lag das alles hier begründet. Da bin ich sicher. Viktors Schatten – unentrinnbar verfolgte er mich. Meine verdammte Halbherzigkeit! Nun hatte ich mich in letzter Minute für den geraden Weg entschieden und trotzdem meine Karriere verdorben. Wäre ich doch auf Viktors Wünsche eingegangen, verdammt noch mal! Aber andererseits, was hätte mir dann geschehen können! Existenz, Ansehen, Selbstachtung, alles hätte dahin sein können. Viktor war nicht mein Freund, sondern mein böser Geist.

Jetzt sitzt er im Rollstuhl mitten im Pavillon, wirft den Oberkörper ungeduldig hin und her und bringt die Federung seines Gefährtes zum Quietschen. «He, schlaf nicht ein! Was ist mit dir? Woran denkst du?»

Er will weiter. Zur Anhöhe? Bei den aufgeweichten Wegen? Ich sträube mich.

«Stell dich nicht an! Ein bißchen körperliche Anstrengung tut dir gut.»

«Mal strenge ich mich zu sehr an, mal zu wenig.»

«Kommt immer darauf an. Wenn man sich bewußt anstrengt, ist es Training, wenn man sich unbewußt anstrengt, ist es Streß.»

Also gut. Viktor bekommt seinen Willen. Oben angekommen, muß ich mir den Schweiß von der Stirn wischen. Ich atme schwer, so daß Viktor es hören muß. Aber er nimmt es gar nicht zur Kenntnis. Er schnuppert. Jetzt also wieder die übliche Bemerkung über den Gestank, der vom Schlachthof herüberzieht. Aber der Wind, ein schwacher Wind, steht günstig. Die Luft ist sauber und frisch.

Ich blicke zu unserem alten Gymnasium hin. Heute ist die Zeit des Erinnerns. Etwa zwei Kilometer liegen zwischen dem Schlachthof und der Schule. Oberschule für Jungen hieß sie zu unserer Zeit. Die Oberschule für Mädchen lag weiter im Stadtinnern. Renates Schulweg führte an unserer Schule vorbei. Manchmal fuhr sie mit dem Rad, aber im Winter ging sie stets zu Fuß. Ich kannte ihren Stundenplan so weit, daß ich wußte, wann für sie Schulschluß war. Zweimal in der Woche hatte ich früher Schluß als sie. Dann wartete ich eine Stunde oder auch zwei, bis sie kam, meist in Begleitung einiger Kameradinnen. Es war ihnen längst aufgefallen, daß ich es darauf anlegte, mich ihnen irgendwie anzuschließen. Ich hatte noch nie ein Wort mit Renate gewechselt. Sie wußte wahrscheinlich nicht einmal, daß sie es war, für die ich mich interessierte. Ich meinte allerdings, daß sie es eigentlich wissen müsse, denn keine von ihren Begleiterinnen konnte sich mit ihr vergleichen, keine sonst hätte mein Interesse wecken können.

Eines Mittags, es war Februar, der Schnee lag schmutzig und hart auf den Straßen, eines Mittags also sprach mich eines der Mädchen an, fragte nach einem Mitschüler, ich kannte ihn flüchtig, fragte noch einmal nach, kicherte, es entspann sich ein kurzes Gespräch, und mir nichts, dir nichts ging ich neben ihnen her. Es war nicht mein

Nachhauseweg, aber was tat's! Renate beteiligte sich nicht an dem Gespräch, aber ich glaube, sie merkte, daß ich mich nur für sie interessierte.

Mein Glück war von kurzer Dauer. Wir wurden plötzlich von hinten mit Schneebällen beworfen. Mich traf einer mitten auf den Rücken. Er war hart wie Stein, traf genau und mit Kraft. Ich dachte gleich an Viktor. So konnte nur er werfen. Ich blickte mich um – natürlich, Viktor! – und bekam einen weiteren Schneeball gerade vor die Stirn. Eines der Mädchen warf einen Schneeball zurück. Er traf niemanden, fiel irgendwo seitwärts der Fahrbahn in den Schmutz. Aber jetzt hatten die drei Angreifer einen Vorwand, ein wildes Bombardement zu beginnen. Die Mädchen sahen zu mir hin, erwarteten von mir entsprechende Aktionen. Ich formte notgedrungen einen Schneeball, da waren die drei schon heran, rissen mich zu Boden und ‹seiften mich ein›, das heißt, sie rieben mir den sandigen, feuchten Schnee ins Gesicht. Die Mädchen kreischten und liefen davon. Ich hätte heulen können, tat es wohl auch. Höchstes Glück und tiefste Demütigung, alles in einer Minute.

Ich lag noch auf den Knien, da legte sich eine Hand auf meine Schulter. Ich blickte auf. Renate! «Das war nicht nett», sagte sie. «Drei gegen einen. Da konntest du gar nichts machen.»

Ich suchte vergeblich nach meinem Taschentuch, damit ich mein Gesicht abwischen konnte. Was ich geantwortet habe, weiß ich nicht. Es waren jedenfalls die ersten Worte, die wir wechselten. Dann nickte sie mir kurz zu und lief ihren Kameradinnen nach. Ich stand da, in einem Wirrwarr von Gefühlen. Fünfzehn Jahre war ich damals alt.

«Du bist heute nicht sehr gesprächig.» Viktor blickt unwirsch. Ich schaue ihn an, versuche seine Züge mit denen des Fünfzehnjährigen, der er einmal war, in Einklang zu bringen. Es ist ein trauriges Unterfangen. Gutaussehende Männer sehen zumeist auch noch gut oder zumindest charaktervoll aus, wenn sie alt und runzlig sind. Für Viktor gilt das nicht. Sein Gesicht wirkt schlaff und ausgelaugt. Welke Haut sackt nach unten weg, die Zähne gelb, Haarbüschel in den Ohren.

«Renate hat übrigens nie Fleisch gegessen», sagt Viktor. «Da war sie konsequent. In ihrer Kindheit schon hat sie jeden Tag das Angstgebrüll des Schlachtviehs hören müssen. Egal wie der Wind stand. Das Haus liegt ja nur zweihundert Meter entfernt. Ein schönes Haus übrigens. Extra für den Schlachthofdirektor gebaut. Warst du mal drin? Ja, sicher warst du mal drin.»

Ich schweige. Niemals bin ich drin gewesen. Ich hätte viel darum gegeben, wenn sie mich einmal eingeladen hätte. Nach dem Kriege wäre es beinahe dazu gekommen. Ich war aus der Gefangenschaft zurück, wir hatten uns wiedergetroffen, Renate und ich, auf einer Party, die Viktor gab, hatten uns angefreundet, und es schien alles gut zu laufen, besser als in den Jahren unserer

Schülerzeit. Wir sahen uns regelmäßig, verabredeten jedesmal schon das nächste Treffen, und ich war glücklich, daß nun erreicht war, was ich immer ersehnt hatte.

Eines aber durfte Renate nicht wissen: In den Semesterferien – ich studierte Jura – verdiente ich mir Geld als Beifahrer in einem Lkw. Viktor hatte mir diesen Job, wie man heute sagt, besorgt. Sein Vater hatte als Bauunternehmer zu vielen Geschäftsleuten gute Beziehungen, unter anderem auch zu dem Fuhrunternehmer Selcher. Ich mußte dankbar sein, daß ich diesen Job bekommen hatte, denn normalerweise gab es damals für Studenten in den Semesterferien kaum Arbeitsmöglichkeiten. Ohne gute Beziehungen lief gar nichts. Und ich war darauf angewiesen, mir Geld zu verdienen, wenn ich studieren wollte. Mein Vater war als kleiner Postbeamter nicht in der Lage, mir das Studium voll zu finanzieren. Die Zeiten waren damals anders als heute. Bafög gab es nicht.

So weit, so gut. Zu den regelmäßig wiederkehrenden Fahrten mit dem Lkw gehörten aber auch Transporte von Schlachtvieh vom Güterbahnhof zum Schlachthof. Ich gewöhnte mich also an den Umgang mit Rindern und Schweinen, verlernte das Bedauern mit der armen Kreatur und schlug schließlich mit dem Knüppel fast genauso drein, wie es die anderen taten. Manchmal bekamen wir, der Fahrer und ich, fürs Wegsehen bei kleinen Korrekturen auf Frachtbögen oder bei Feststellung einer Zahl, die nicht ganz stimmte, ein Stück Fleisch zugesteckt. Solche Zuwendungen waren damals fast lebensnotwendig, denn die amtliche Lebensmittelzuteilung reichte nicht zum Leben, nicht zum Sterben. So war also diese Arbeit sehr wichtig für mich. Nur, Renate durfte davon nichts wissen, weil sie alles zutiefst verabscheute, was mit dem Schlachthof zusammenhing. Daß ihr Vater ihn gar leitete, durfte nicht einmal gesprächsweise erwähnt werden, wenn sie dabei war.

Viktor hatte von Anfang an mit Mißfallen verfolgt, wie sich zwischen Renate und mir etwas anbahnte. Und eines Tages, wieder auf einer Party, die im Hause seiner Eltern stattfand, kam er wie zufällig auf meinen Job zu sprechen. Renate fragte nach, von Fahrten zum Schlachthof war die Rede, und Renates Gesicht verzog sich, drückte nur noch Ekel und Abscheu aus. Ich versuchte ihr zu erklären, wie wichtig diese Ferienarbeit für mich sei, stellte ihr sogar in Aussicht, sie aufzugeben. Sie aber ging nicht darauf ein, antwortete kaum, rechtfertigte ihre Haltung auch nicht. Es war, als wäre schlagartig ein Vorhang gefallen. Meine Bitte, unser nächstes Zusammentreffen zu verabreden, schien sie gar nicht wahrzunehmen. Als sie sich verabschiedete, ließ sie ihre Hand schlaff in der meinen ruhen, und unsere Blicke trafen sich nicht mehr.

Viktor versicherte mir, daß er nicht habe ahnen können, wie sensibel Renate auf alles reagiere, was mit dem Schlachthof zu tun habe. Außerdem habe er angenommen, daß Renate wisse, wie ich mein Geld verdiente. Kurz, er log und heuchelte und war dabei voller Spott und Zufriedenheit.

Ich kündigte am nächsten Tag tatsächlich meine Stelle, erreichte dadurch bei Renate nichts und überwarf mich mit meinem Vater. Er war nicht mehr bereit, mich für mein Jurastudium finanziell zu unterstützen. Eine neue Arbeit für die Semesterferien fand ich nicht, und so entschloß ich mich, das Studium aufzugeben. Damit waren alle hochfliegenden Pläne begraben. Der gehobene Verwaltungsdienst, für den ich mich entschied, war nur eine Ausflucht, eine Notlösung, nichts weiter.

Ich drehe Viktors Rollstuhl so, daß der Schlachthof voll in seinem Blickfeld liegt. «Sei ehrlich, du hast Renate und mich damals absichtlich auseinandergebracht!»

«Hab ich das? Wieso denn?»

«Als du von meinem Job als Beifahrer und den Viehtransporten anfingst.»

«Das hätte sie doch sowieso erfahren, irgendwann.»

«Ich glaube sogar, daß du mir den Job besorgt hast, um ein Mittel zu haben, uns auseinanderzubringen.»

Er lacht. «Das hätte ich auch anders geschafft. Du traust mir wirklich nur Böses zu, Alfi! Gewiß, wenn ich etwas will, setze ich es auch durch.»

«War es Absicht? Ich möchte es jetzt wissen.»

«Du hast damals deinen Job gekündigt. Das war deine Entscheidung. Wäre nicht nötig gewesen. Du hättest dir das Geld für dein Studium leicht verdienen können. Wenn du die Schiebungen ein bißchen mitgemacht hättest, die damals in den ersten Nachkriegsjahren üblich waren.»

«Davon ist nicht die Rede. Wolltest du Renate und mich auseinanderbringen?»

«Versprichst du, daß du mich nicht den Abhang hinunterrollen läßt?» Er grinst breit, zeigt seine gelben Zähne dabei und scheint sich über mich zu amüsieren. «Na denn: Natürlich wollte ich Renate für mich. Du hättest sie eh nicht halten können. Sie war verwöhnt und anspruchsvoll.»

Ich beiße die Zähne zusammen, drehe seinen Rollstuhl abrupt in Fahrtrichtung, und es geht bergab.

«Na, du wirst mich doch nicht loslassen», höhnt Viktor. «Du weißt, ich kann die Bremse nicht anziehen. Jetzt kannst du mir alles heimzahlen, Alfi. Tu's doch!»

Natürlich tue ich es nicht, aber, verdammt, ich hätte es tun mögen.

«Jetzt also zu den Enten!» ruft Viktor frohgemut. Für mich klingt es wie Hohn, und es ist wohl auch so gemeint.

Ich schiebe den Rollstuhl auf den Steg hinaus, bis ganz ans Ende, ziehe die Handbremse an. Die ersten Enten kommen angeschwommen.

«Woher weißt du eigentlich, daß Renate Vogeldreck von der Scheibe wischen wollte und dabei abgestürzt ist?»

Er sieht mich lange an. «Sie hatte es vorher gesagt. Hatte es von unten auf der Scheibe gesehen.»

«Und da geht sie extra ganz nach oben? Nur um den Vogeldreck wegzuwischen?»

«So war sie eben. Das Haus hielt sie in Ordnung. Sie hatte einen Sauberkeitsfimmel. In der Hinsicht konnte ich mich nicht beklagen.»

«Aber das hätte doch eure Putzfrau machen können.»

«Ja, das hätte sie.»

«Und?»

«Ja, was denn noch? Unfälle haben oft die dümmsten Ursachen. Übrigens lief zwischen Renate und mir in den letzten Jahren so gut wie nichts mehr. Vielleicht tröstet dich das. Im Bett war mit ihr von Anfang an nicht viel los. Aber nach dem Techtelmechtel mit dir war da kaum noch was. Na ja, vergeben und vergessen. Ich hätte sie dir lassen sollen.»

Ja, er hätte sie mir lassen sollen. Fast wäre es so weit gewesen. Uns wurde eine zweite Chance gegeben, Renate und mir, aber ich habe sie nicht genutzt.

Zur Hochzeit Viktors mit Renate erhielt ich eine formelle Einladung. Sie hatten wohl kaum damit gerechnet, daß ich kommen würde. 45 Jahre ist es nun her, aber für mich ist die Erinnerung nicht verblaßt. Damals war ich noch Inspektor-

Anwärter, und ich gab mir viel Mühe, meine Ausbildung mit einem passablen Ergebnis abzuschließen. Gerade am Hochzeitstag der beiden hatte ich einen wichtigen Leistungsnachweis zu erbringen, aber ich meldete mich krank, ob man mir nun glaubte oder nicht. Krank war ich tatsächlich. Mich quälte nicht nur Eifersucht oder verletztes Selbstgefühl, ich empfand nicht nur Trauer um den Verlust zweier Menschen, nein, mich hatte die pure Verzweiflung gepackt. Verzweiflung über meine Lage, über das, was mir widerfahren war und mein Leben zerstören mußte. So etwas läßt sich weder beschreiben noch nachempfinden. Ich durchlitt diesen Tag, und als die Nacht kam, Renates und Viktors Hochzeitsnacht, nahm ich Zuflucht zu einem starken Beruhigungsmittel. Damals hätte ich mein Leben fortwerfen mögen.

Ein ganzes Jahr lang bin ich den beiden aus dem Wege gegangen. Ich weiß nicht, was mich in dieser Zeit stärker bewegt hat, der Verlust Renates oder der Verlust Viktors. Eines Nachmittags kam ein schüchterner Anruf Renates, die Anfrage, ob ich Lust hätte, am Donnerstag zum Tee zu kommen. Es war der Donnerstag, ich erinnere mich genau. Sie würde sich freuen, wolle mir nicht weh tun. Sie habe die unteren Räumlichkeiten des Hauses ganz neu eingerichtet, lege Wert auf mein Urteil. Bewegt sagte ich zu.

Um sicher zu gehen, daß ich auch wirklich willkommen war, rief ich Viktor vorher an. Er tat, als hätten wir vielleicht gerade vier Wochen lang nichts voneinander gehört. «He, Alfi, wo hast du denn gesteckt? Du warst doch nicht krank?» Von der Einladung zum Tee wußte er nichts. «Zum Tee», sagte er, «typisch für das Weibervolk. Sie hätte es mir sicher noch gesagt. Ich komme etwas später. Unterhaltet euch gut.»

Und als ich auf die lange Zeit hinwies, in der wir uns nicht gesehen hatten, sagte er: «Vergeben und vergessen, ja? Wir sind die Alten. Lassen uns doch nicht durch die Weiber auseinanderbringen.»

Viktors Art, über Frauen zu sprechen, hatte sich überhaupt nicht geändert, ob es sich nun um irgendeine beliebige oder um Renate handelte. Es gefiel mir nicht. Aber manches an Viktor gefiel mir nicht, hatte mir nie gefallen. Dafür gefiel mir wieder anderes, und das überwog.

Ich überlegte lange, was für Blumen ich Renate mitbringen sollte. Sie legte gern eine Bedeutung hinein. Ich entschied mich schließlich für einen Strauß blauer Blumen, deren Namen ich nicht kannte. «Die blaue Blume der Romantik», sagte ich, als ich ihr den Strauß übergab. «Symbol für das, was man immer sucht und nie erlangt.»

Das kam an. Ich spürte es. Ihre Stimme schwankte. «Wollen wir so tun, als wären wir nichts anderes als alte Schulfreunde?» fragte sie, und ich nickte stumm, ließ mich auf das Spiel ein.

Sie führte mich durch die neu eingerichteten Zimmer. Das überbrückte die erste Viertelstunde und machte sie erträglich. Damals begann die Zeit der Nierentische, der Sessel mit den dünnen, schräggestellten Beinen. Es war das erstemal nach dem Kriege, daß es eine neue Mode für Einrichtungsdesign gab. Man belächelt diese Mode heute ein wenig, aber wer Geschmack hatte, konnte viel daraus machen. Renate hatte viel daraus gemacht. Heute sind nur noch Einzelstücke übrig. Viktor hat nach Renates Tod alles nach und nach hinausgeworfen. Die Sachen seien ihm zu feminin. Er bevorzugt schwere Möbel – Eiche, Leder. Ein Sofa und zwei Sessel überließ er mir. Ich habe sie bis heute. Sie sind durchgesessen und verschlissen, müßten zumindest neu bezogen werden, aber ich lasse sie so, wie Renate sie vor Jahrzehnten ausgewählt hat.

Wir besichtigten nur die unteren Räume. In der oberen Etage waren die Schlafzimmer, und außerdem lebte Viktors Mutter dort, mußte fast ständig im Bett liegen, konnte sich von dem Schock nicht wieder erholen, den der plötzliche Tod ihres Mannes verursacht hatte. Nach oben gingen wir also nicht, obwohl Renate mir offenbar gern das Schlafzimmer gezeigt hätte, auf dessen Einrichtung sie ganz besonders stolz zu sein schien. Andererseits merkte sie aber wohl, daß ich der letzte war, der an ihrem Schlafzimmer Gefallen finden würde.

Danach dann der Tee, feines Gebäck und small talk. Erinnerungen an die Schule, an gemeinsame Bekannte. Wir hielten uns an das Rollenspiel, das wir uns zugeteilt hatten. Sonst wäre mir ein Gespräch mit Renate gar nicht möglich gewesen.

Nach einer halben Stunde erschien Viktor, polternd und strahlend wie immer. Damals hatte er noch seine jugendliche Frische, und Renate war eigentlich um einen solchen Mann zu beneiden. Was hätte ich ihr schon bieten können! Nächstens sollte ich Verwaltungsinspektor werden, und dreißig Jahre später würde ich wahrscheinlich als Amtmann ausscheiden. Dazwischen lag ein zwar gesichertes, aber bescheidenes Leben. Ohne große Aufstiegsmöglichkeiten und ohne großes Risiko. Viktor dagegen begann damals gerade, seine Unternehmungen auszuweiten. So wie er die Firma von seinem Vater übernommen hatte, sollte sie nicht bleiben. Und der Wiederaufbau in der Bundesrepublik brachte enorme Chancen mit sich.

Nach dieser ersten Einladung zum Tee setzte nun nicht etwa ein ungezwungenes Miteinander ein. Wochenlang erfolgte gar nichts, dann wurde ich zu Renates Geburtstag eingeladen, der abends mit einer kleinen Festlichkeit begangen werden sollte.

Wehmütige Erinnerungen wurden an diesem Abend für mich wach. Renate schien mir unerreichbar, gerade weil wir uns einmal nahe gewesen waren. Hier in diesem Hause begann unsere Liebe, oder besser meine Liebe, und hier wurde mir schmerzlich klar, daß ich vor Viktor weichen mußte. Trübsinnig saß ich in einer Ecke des Salons, betrachtete die Tanzenden, dachte an alte Zeiten und fühlte mich wie ein getretener Hund. Ich wagte nicht, Renate um einen Tanz zu bitten, den Arm um sie zu legen, ihre Hand in meine zu nehmen und mich Körper an Körper mit ihr im Takt zu vereinen ... Ich brachte es einfach nicht über mich, gerade weil vor gar nicht so langer Zeit einmal mehr zwischen uns gewesen war. Da winkte sie mir zu, hatte offenbar den Wunsch, mit mir zu tanzen, trotz allem, was zwischen uns nicht mehr sein durfte. Und während wir dem Takt der Musik folgten, es war ein langsamer Walzer, ich weiß es noch heute, sagte sie, nahe an meinem Ohr: «Vielleicht habe ich einen Fehler gemacht.» Sie sagte es wie nebenbei, aber es war nicht auf einen falschen Tanzschritt gemünzt, sondern auf die große, die schwerwiegende Entscheidung, Viktor zu heiraten. Ich sagte nichts, aber sie muß gespürt haben, wie sehr mich ihre Worte berührten, oder treffender: wie sie mich aufrührten, mich wie ein Stromschlag trafen.

Die nächste Einladung zum Tee kam, während Viktor eine auswärtige Baustelle besuchte und einige Tage abwesend war. Ich erfuhr es erst, als ich schon an meinem Tee nippte. Renate erwähnte es wieder ganz nebenbei, als wäre es nichts. Und da nahm ich meinen Mut zusammen und sagte: «Ich glaube, du bist mit Viktor nicht glücklich, Renate.»

Sie sah zur Seite, lächelte gequält, sagte nichts,

aber ihr Schweigen war Antwort genug. Wir waren uns plötzlich sehr nahe, näher als jemals vorher, auch wenn wir uns, auf unsere Sessel gebannt, reglos gegenübersaßen. Es war eine zarte, innere Nähe, behutsam, aber tief bewegend.

In der nächsten Zeit rief Renate mich mehrfach an. Einmal versuchte ich es meinerseits, aber der Anruf lief über die Firma, und das Fräulein aus dem Büro wollte wissen, wen sie Frau Wendlich melden solle. Ich murmelte etwas Unverständliches und legte wieder auf.

Ich fragte mich, was Renate eigentlich beabsichtigte. Eine Scheidung von Viktor, den Tausch ihres weiträumigen Hauses gegen meine kleine Etagenwohnung? Möbel, Reisen, Schmuck und Kleider, alles reduziert von Viktors Maß auf meines? Vielleicht hätten wir eine Ehe führen können, aber nur, wenn sie ihre Ansprüche von vornherein den Verhältnissen eines kleinen Beamten angepaßt hätte. Jetzt war sie damit überfordert. Ich wagte nicht, darüber mit ihr zu sprechen. Aber was beabsichtigte sie?

Zunächst schien es ihr nur darum zu gehen, Viktor einiges heimzuzahlen. Ich erfuhr peinliche Details. Details aus beider Intimleben. Frauen, die ihre Ehemänner verabscheuen, können da sehr deutlich werden. Viktors Erscheinungsbild, seine Persönlichkeit, der Luxus, den er ihr bieten konnte, alles das zählte nicht für sie. Er sei zudringlich und nehme keinerlei Rücksicht. Ob ich schon einmal darüber nachgedacht hätte, daß es auch in der Ehe Vergewaltigung gebe? Müsse eine Frau ihrem Ehemann stets zur Verfügung stehen, wie er wolle, so oft und wann immer? Sie schien ehrlich angewidert, und ich muß gestehen, daß ich Genugtuung verspürte. Nicht darüber, daß sie mich verschmäht hatte und daß es ihr jetzt leidtat, sondern darüber, daß Viktor keineswegs Frauen so beeindruckte, wie er glaubte. Jetzt mußte ich lächeln, wenn ich an seine Großtuerei dachte, wenn ich mir vorstellte, wie er sich noch vor wenigen Jahren beim Sport zur Schau gestellt hatte. Vor wenigen Jahren noch. Jetzt, mit Mitte Zwanzig, begann er Fett anzusetzen, und als er dreißig war, wirkte er hauptsächlich durch seine Fülle. Und wenn ich damals an mich dachte, mußte ich einräumen, daß ich wohl äußerlich doch etwas mehr darstellte, als ich angenommen hatte. Mein Selbstgefühl ist nie größer gewesen als in den Wochen meines ‹Techtelmechtels› mit Renate, wie Viktor es später nannte. Das immerhin ist für mich herausgesprungen.

Der Höhepunkt unseres ‹Techtelmechtels› sollte noch kommen. Ich bin heute in der Lage, unsere Beziehungen von damals mit diesem Wort zu belegen, mit einem Schuß Selbstironie. Letztlich ist es ein Techtelmechtel geblieben, auch wenn es vorübergehend mein Dasein beherrscht hat. Als der Höhepunkt erreicht war, kamen Skrupel, bei mir und auch bei Renate, unsere Vernunft meldete sich, Furcht vor den Konsequenzen erfaßte uns, und wir wichen vor Viktor zurück. Höhenflüge sind nichts für die Dauer, und sie bergen die Gefahr eines tiefen Sturzes.

Viktor war wieder einmal auf Reisen, angeblich, um geschäftliche Kontakte zu knüpfen. Ich nehme allerdings an, daß diese Kontakte keineswegs geschäftlicher Art waren. Viktor verschaffte sich anderweitig, was Renate ihm nur widerwillig oder gar nicht gewährte. Auch Renate vermutete dies, und so schlug sie mir einen gemeinsamen Ausflug nach Dänemark vor, für drei oder vier Tage. Da Viktor das Auto zu Haus gelassen hatte, stand es uns dafür zur Verfügung.

Somit begann der Höhepunkt unseres Techtelmechtels, und es war eben auch der Höhepunkt meines ganzen Daseins, wie ich in der Rückschau, von der Warte meiner siebzig Jahre aus, sagen kann. Doch wenn der Gipfel erreicht ist, beginnt der Abstieg.

Wir fuhren bis nach Odense und suchten uns ein Hotel. Ich wagte es nicht, ein Doppelzimmer zu verlangen. Einmal, weil wir beide unsere Pässe vorlegen mußten, zum anderen, weil ich es vorher nicht über mich gebracht hatte, mit Renate darüber zu sprechen. Wußte ich doch nicht, wie weit ich gehen konnte. Wir aßen bei Kerzenlicht zu Abend. Es hätte sehr stimmungsvoll sein können, doch der Gedanke an die bevorstehende Nacht quälte mich. Wir saßen noch bei einer Flasche Wein bis spät abends, und ich bebte der Entscheidung entgegen. Als Renate dann energisch erklärte, jetzt wolle sie schlafengehen, sie sei wirklich müde, wagte ich nicht zu fragen, ob ich noch in ihr Zimmer kommen dürfe. Konnte es doch sein, daß sie wirklich müde war oder meine Gesellschaft gar nicht wünschte.

Wir gingen also in unsere Zimmer, jeder für sich. Ich lag noch lange wach. Es bestand immer noch die Möglichkeit, zu ihr hinüberzugehen. Aber durfte ich es, konnte ich es und wollte ich es überhaupt? Als ich merkte, daß ich hellwach war, nahm ich ein paar Baldriantropfen. Ehe ich mich's versah, war ich eingeschlafen, und alle Pein war beendet.

Morgens wagte ich es, an ihre Tür zu klopfen. Jetzt mußte sich etwas ergeben! Aber sie war schon nach unten gegangen. Ich hatte zu lange gewartet, und wir trafen uns am Frühstückstisch. Ein wenig Enttäuschung glaubte ich ihr anzumerken, gerade weil sie eine betont gute Laune an den Tag legte.

Sollte die nächste Nacht, sollten die nächsten Nächte genauso verlaufen? Die alte Freundschaft zu Viktor – ein Hemmnis oder nur eine Entschuldigung für meine Unentschlossenheit, für meine Angst, um es deutlicher zu sagen? Ehebruch, Unmoral – gab es solche Skrupel für mich wirklich? Renate und ich waren eng befreundet gewesen, bevor Viktor sie mir nahm. Wir liebten uns, auch wenn sie auf das Letzte, Äußerste nicht einging. Jetzt stand sie dazu wohl anders, aber sie mußte mich ermuntern, mir ein Zeichen geben!

Das Zeichen erhielt ich auf der Fähre über den

Großen Belt. Wir standen an der Reling, ich legte den Arm um sie, küßte sie sanft, aber sie erwiderte den Kuß auf eine Art, die ich nur als Zeichen der Ermunterung deuten konnte. Zumal sie normalerweise in solchen Situationen eher kühl wurde, aus Furcht, die Kontrolle könnte ihr entgleiten.

Kurz vor Kopenhagen, in einem recht einfachen Hotel, ergab sich dann alles ganz von selber. Es empfiehlt sich nicht, abends in eine Großstadt hineinzufahren, wenn man dort nicht Bescheid weiß und kein Hotelzimmer bestellt hat. Das war aber gar nicht der Grund, das erstbeste Hotel an der Autostraße zu nehmen. Unser Entschluß für die Nacht war gefaßt, und jetzt sollte er möglichst schnell umgesetzt werden. Jedenfalls bestimmte dies meine Entscheidung für das Hotel, und da Renate nicht widersprach, war es wohl auch in ihrem Sinne. Das Hotel, an das wir gerieten, sah von außen einigermaßen aus, erwies sich aber als eine Art Fernfahrerabsteige. Es war schmuddelig und roch nach Dieselöl. Ein Doppelzimmer erhielten wir, ohne darum gebeten zu haben. Die Ausstattung war so kümmerlich, daß es uns zu amüsieren begann. Im Bad hing der Duschvorhang nur noch an zwei Ösen, der Wasserhahn leckte gierig vor sich hin, und die Bettwäsche war zwar gebügelt, wirkte aber keineswegs frisch gewaschen.

Wir verzichteten auf das Abendessen, weil uns die Gaststube nicht zusagte und wir auf die

Gesellschaft von Fernfahrern keinen Wert legten. Das war aber nur vorgeschoben. In Wahrheit wollten wir uns nicht mehr gedulden, wo nun einmal der Entschluß gefaßt war. Alles wurde leichter durch die ungewohntc Umgebung. Es war eben eine Ausnahmesituation. Wir verbrachten die Nacht zusammen, Renate und ich, diese einzige Nacht. Niemals habe ich darüber gesprochen, und ich werde es auch jetzt nicht tun. Diese Nacht blieb unser.

Am folgenden Tag, gegen Abend, nach einer Besichtigungstour durch Kopenhagen, äußerte Renate den Wunsch, nach Haus zu fahren. Auf Einwände von meiner Seite ging sie kaum ein. Sie saß am Steuer und brauste entschlossen durch die Dunkelheit. Ich saß im Halbschlaf daneben, achtete nicht auf die Strecke, nicht auf Renates Fahrweise. Es war mir gleich, ob uns etwas zustieß oder nicht. Meine vorsichtige Frage, ob ich vorige Nacht etwas falsch gemacht hätte, verneinte sie mit stummem Kopfschütteln. Sie bereue nichts, sagte sie, aber irgendwie schien sie sich bloßgestellt zu fühlen. Sie sprach, als sei das Geschehen der letzten Nacht unabdingbar gewesen, und tat, als wenn es sie ihre Würde gekostet hätte. Ein tragisches Geschick sozusagen. Das habe nichts mit mir zu tun, versicherte sie. Ich bemühte mich, ihr zu glauben. Letztlich haftet ja allen Unterleibsaktionen etwas gleichzeitig Anziehendes und Abstoßendes an. Wir Menschen sind keine Tiere, aber untenherum sind wir es doch geblieben.

Schließlich gaben wir uns unser Wort, daß über die letzte Nacht nicht gesprochen werden solle, niemandem gegenüber, für alle Zukunft nicht. Auch zwischen uns solle es keinerlei Anspielungen geben. Damit hatte Renate jetzt ein zweites Tabu aufgestellt. Es trat neben das Tabu des Schlachthofs.

Etwa eine Woche später lud Viktor mich zur Besichtigung einer auswärtigen Baustelle ein. Mir war nicht sehr wohl zumute, als ich neben ihm im Auto saß. Auf meine Frage, ob die Geschäftsreise erfolgreich verlaufen sei, sagte er: «Viele Kontakte, mein lieber Alfi, enge Kontakte, wie man sie eben braucht.» Dabei fixierte er mich aus den Augenwinkeln. Wußte er etwas? Wahrscheinlich. Irgend jemand hatte wohl beobachtet, daß Renate mit mir weggefahren war, und hatte es ihm hinterbracht. Renate hatte darüber geschwiegen, und so mußte Viktor Böses vermuten.

Oder bildete ich mir das alles nur ein? Regte sich lediglich mein schlechtes Gewissen? Aber mußte ich denn überhaupt ein schlechtes Gewissen haben? Viktor hatte mir Renate fortgenommen, obwohl wir Freunde waren, jetzt hatte ich mich revanchiert. Und Viktor betrog Renate mit anderen Frauen. Weshalb sollte sie sich nicht auch revanchieren? Aber was überhaupt hieß hier ‹Betrug›? Was zwischen Renate und mir gewesen war, diese eine Nacht – nichts als ein Betrug?

Viktor erklärte mir wortreich eine Maschine,

die übel roch, aber zweifellos einen Fortschritt darstellte. Es war ein Schwarzdeckenfertiger, mit dem das Mischgut für die Straßendecke profilgerecht verteilt werden konnte. Es wurde einfach vor die Maschine gekippt, und sie machte aus dem Splithaufen eine ebene Straßenfläche, die schon fast fertig wirkte. Damals gab es noch keinen so aufwendigen Maschinenpark wie heute. Viktor schwärmte von einem Bagger und einem Lkw-Kipper, die im kommenden Jahr angeschafft werden sollten. Anscheinend war es doch nicht seine Absicht, mich wegen der Reise mit Renate zur Rede zu stellen. Ich sah den Arbeitern zu, es waren etwa zwanzig, die unter den Augen ihres Chefs ganz besonders emsig zu Werke gingen, und machte mir Gedanken über die Unterschiede zwischen geistiger und körperlicher Arbeit. Zumindest war das Ergebnis hier deutlicher zu sehen.

Plötzlich erschreckte Viktor mich mit der Bemerkung: «Meine Beziehungen zu Renate sind problematisch. Bring mir nicht noch mehr Probleme!»

«Ich wüßte nicht … Wie meinst du das?»

Er packte mich ziemlich grob am Revers meines Jacketts. «Du weißt, wovon ich rede. An sich ist es mir egal. Aber wie es nach außen wirkt, ist mir nicht egal. Keiner kommt Viktor Wendlich in die Quere! Und kein Weibsbild setzt ihm Hörner auf.» Er griff noch einmal fest zu. «Wir verstehen uns, ja!?»

«Gewisse Bindungen von früher», sagte ich, «die sind nun mal da ...»

«Steh wenigstens zu dem, was du tust, und mach dir nicht in die Hosen!»

«Wer sagt denn überhaupt, daß zwischen uns ... auch wenn wir ...»

«Schluß damit! Kies, Split und Asphalt darüber! Sonst kannst du mich kennenlernen!»

«Ich kenne dich schon ganz gut.»

«Sei dir da nicht sicher. Ich habe dich immer als Freund behandelt. Das soll auch weiterhin so sein. Jeden anderen würde ich plattmachen, mein Lieber. Mit dir spreche ich nur ein paar vernünftige Worte. Unter Freunden. Die sich an bestimmte Spielregeln halten müssen.»

In diesem Stil ging es noch einige Zeit weiter. Er wiederholte sich, und seine Worte wirkten immer rabiater. Ich war dazu verurteilt, eine ziemlich klägliche Rolle zu spielen. Was sollte ich zu meiner Rechtfertigung vorbringen? Man hintergeht seinen Freund nicht, ja ja, aber aus Viktors Munde klang es nicht überzeugend. Er selber hätte sich jederzeit darüber hinweggesetzt, da bin ich sicher.

Er nahm mir das Versprechen ab, Renate zukünftig als seine Frau zu respektieren. Oder eher wohl, sie als sein Eigentum anzuerkennen. Keine Einladungen zum Tee mehr. Zum Tee! Er lachte lauthals. Keine Besuche, keine Verabredungen, keine Ausflüge. «Gewöhne dich daran, daß du sie nicht bekommen hast und nicht bekommen kannst», sagte er. «Aber dafür braucht es anscheinend noch Zeit. Legen wir unsere Beziehungen noch mal wieder auf Eis. Wie im vergangenen Jahr. Koch dir deinen Tee selber! Wenn einer Tee mit Renate trinkt, dann bin ich es.»

Renate rief mich nicht wieder an, und ich bemühte mich auch nicht, sie irgendwie zu erreichen. Eine Zeitlang war ich eher erleichtert. Es gab keine Komplikationen, keine schwerwiegenden Folgen, das Gleichmaß des Alltags war wiederhergestellt.

Dann setzte der Schmerz um Renate allmählich wieder ein. Vielleicht gehört er einfach zu meinem Dasein, quälend, aber unabdingbar.

Monatelang kam keine Botschaft aus dem Hause Wendlich. Hatte Renate sich mit Viktor abgefunden? Ich konnte es nicht glauben. Manchmal spürte ich ganz stark das Verlangen, am Hause Viktors und Renates vorbeizugehen. Einfach nur vorbeizugehen und zu den Fenstern hinaufzusehen. So wie ich es in Jugendtagen um Viktors willen getan hatte. Aber ich versagte mir auch dies.

Dann stieß ich in der Zeitung auf eine Geburtsanzeige: Viktor und Renate Wendlich zeigten die Geburt ihrer Tochter Martha an. Ich muß gestehen, daß ich zurückgerechnet habe, daß mir der Gedanke kam, nicht Viktor sei der Vater des Kindes. Zeitlich kam es hin. Aber nach nur einer Nacht? Viktor hatte in der Zeit danach sicher beweisen wollen, daß Renate ihm gehörte, daß er sie besaß und sie gebrauchen konnte, wie es ihm gefiel. Arme Renate. Sie tat mir leid. Und den Gedanken, den vielleicht auch Viktor und Renate insgeheim hatten, ich drängte ihn zurück in den allerdunkelsten Winkel meines Bewußtseins.

Lange her das alles! Tiefe Vergangenheit. Martha erwachsen, Renate tot, Viktor im Rollstuhl. Der Steg und der Ententeich. Alles strebt dem Ende zu.

Ich nehme die Tüte mit dem Entenfutter aus der Seitentasche des Rollstuhls und lege sie Viktor in den Schoß. Er lockt die Enten mit einigen unartikulierten Lauten an. «Siehst du, ich brauche nur zu rufen. Mit den Weibern war es genauso. Ich habe sie alle bekommen. Als ich noch jung und hübsch war. Bekommen, genommen, Spaß gehabt und nichts mehr. Bedeutet hat es mir nie viel, über das rein Körperliche hinaus.»

«Du hattest Renate nicht verdient.» Meine Stimme schwankt.

«Schütte den Enten was hin! Ich kann's nicht wegen der Hand. Übrigens …», er sah mir gerade ins Gesicht, «du hättest sie haben können. Du hast viel zu früh aufgegeben.» Er versucht, eine besonders fette Ente auf sich aufmerksam zu machen. Schnalzt mit der Zunge, schmatzt mit den Lippen.

«Schade, daß du rechts lahm bist, sonst könntest du mit den beiden Ellenbogen wie mit Flügeln schlagen. So wie bei dem Ententanz, der mal Mode war.»

Er überhört meine Bemerkung. «Hast du eigentlich sonst jemals eine Frau gehabt, Alfi? Ich glaube nicht. Bis auf die Nutte, bei der wir mal zusammen waren.»

«Du hast mich dazu gebracht. Von mir aus wäre ich nicht hingegangen.»

«Damals hast du hinterher ziemlich angegeben. Sei ehrlich, hat es überhaupt geklappt?»

«Müssen wir darüber reden? Nach fünfzig Jahren? Kümmre dich lieber um die Enten!»

«Du bist feig, Alfi. Du riskierst nichts, hast nie was riskiert. Nichts gewagt und nichts gewonnen. Leid tust du mir. Renate und du, ihr hättet gut zusammengepaßt.» Er wirft der besonders fetten Ente einen besonders großen Brocken zu. Mit der verletzten Hand will es nicht recht gelingen. «Ich habe alles mitgenommen, was sich bot. Und da war Renate eine Enttäuschung. Und Martha ist genau wie sie. Hat nichts mit Männern im Sinn, hat eine Freundin, na ja, lassen wir das. Wahrscheinlich hat Renate sie allzu nachdrücklich vor den Männern gewarnt. Weil sie schlechte Erfahrungen gemacht hatte. Mit mir und mit dir.» Er lacht. «Ich habe getan, was ich konnte, um Martha auf den richtigen Kurs zu bringen. Und als sie in das gewisse Alter kam, da ließ es sich auch zuerst ganz gut an mit ihr. Nicht daß ich mit ihr was angestellt hätte! Obwohl man solche Fälle ja jeden Tag in der Zeitung liest.»

«Allmählich ekelst du mich an.»

«Bei manchen Naturvölkern stimulieren die

Mütter schon ihre kleinen Kinder, damit sie sexuell ansprechbar werden. Alles, was in uns steckt, muß angesprochen werden, sonst wird nichts draus. Das ist auch beim Sex so. Da versäumen wir etwas an den Kindern. Und dann werden sie so frigide wie Renate.»

Ich wende den Rollstuhl abrupt um. Es ist Zeit für den Rückweg, höchste Zeit! Ich schweige und müßte doch meine Empörung laut hinausschreien! Ich habe Renate geliebt und verehrt. Alles, was mir schön und begehrenswert erschien, habe ich in ihr gesehen. Sicher verehre ich ein Idealbild, nicht die wirkliche Renate. Aber was ist wirklich? Wirklich ist, was wir zur Wirklichkeit machen. Renate ist das, was ich in ihr sehe. Sie ist für mich der Inbegriff alles dessen, was mir das Leben versagt hat.

Viktor will dieses Bild zerstören, es schänden und zerstören. Er hat sie sich genommen, obwohl er sie nicht liebte. Sie genommen, damit nicht ich sie bekam. Ich hatte in seinem Schatten zu stehen, zu verzichten. Und schlimmer noch: Er hat auch ihr Leben zuschanden gemacht. Sie war gezwungen, mit ihm zu leben, ihrer ehelichen Pflicht zu gehorchen, bis sie es nicht mehr ertrug und sich ihm versagte. Es ist nicht leicht, Viktor etwas zu versagen. Sie ist standhaft geblieben, bis ihre Kraft erlahmte ... und sie sich aus dem Fenster stürzte. Ja, ich spreche es aus: Sie hat sich das Leben genommen. Es war kein dummer Unfall. So sehe ich es. Unglaubhaft Viktors Geschichte vom Reinigen der Scheibe. Eine Schändung ihres Andenkens, Vogeldreck zur Ursache ihres Todes zu machen. Unglaubhaft die Details: daß der Vogeldreck von unten überhaupt auffiel, daß Renate eigens nach oben ging, um ihn wegzuwischen. Hatte es nicht Zeit? Konnte die Putzfrau es nicht tun? Und wieso teilte sie Viktor mit, daß sie nach oben gehen wolle, um Vogeldreck von der Scheibe zu wischen, der von unten gar nicht auffiel?

Ich muß Gewißheit haben, daß Viktor sie zu einer Verzweiflungstat getrieben hat. Deshalb schiebe ich ihn in seinem Rollstuhl an den Teich. Nur deshalb, nicht um Viktors willen, weiß Gott nicht.

Wissen muß ich auch, wie Martha über den Tod ihrer Mutter denkt. Und was sie darüber weiß. Auf ein zufälliges Zusammentreffen im Hause Viktors kann ich nicht warten. Das könnte lange dauern. Eine Gelegenheit bietet sich am 29. September, dem Todestag Renates, ihrem 30. Todestag. Zum 29. September habe ich jedes Jahr Renates Grab besucht. Einige Ausnahmen nur gab es. Einmal war ich krank, ein anderes Mal verreist. Ich habe den Besuch dann aber stets nachgeholt. Es mag verwunderlich erscheinen, vielleicht gar wunderlich, daß meine Trauer im Laufe der Jahre nicht abgeklungen ist. Aber je länger die Zeitspanne wird, die ich überschauen kann, desto deutlicher erkenne ich, daß Renate mein Leben bestimmt hat. Sie hat es bestimmt, gerade weil sie mir genommen wurde. Der 29. September ist für mich in doppeltem Sinne ein Tag der Trauer: Trauer über Renates Tod, Trauer über mein eigenes Dasein, das so viel befriedigender hätte verlaufen können. Und ich klage Viktor an, der alles verschuldet hat.

Ich kann nicht darauf hoffen, Martha am Grabe Renates zu treffen. Die Grabpflege wird von einer Gärtnerei durchgeführt, wie ich schon vor Jahren in Erfahrung brachte. Vielleicht ist Viktor noch nie am Grabe Renates gewesen und Martha in den letzten Jahren auch nicht mehr.

Ich rufe sie an, frage sie, ob wir gemeinsam zum Grab ihrer Mutter gehen wollen und ob ich sie abholen dürfe. Sie ist überrascht, hat an den 30. Todestag wohl gar nicht gedacht. Ich sage, daß ich an diesem Tage gern mit jemandem zusammen sein möchte, dem Renate etwas bedeutet habe. Sie sucht zunächst nach einer Ausflucht, erklärt sich schließlich einverstanden, will mich aber mit dem Auto abholen. Bei sich zu Hause will sie mich offenbar nicht sehen, vielleicht, weil ich ihrer Lebensgefährtin nicht begegnen soll.

Der 29. September ist in diesem Jahr ein Freitag. Martha schließt mittags ihre Praxis und holt mich um 16 Uhr ab. Sie ist pünktlich. Ich warte unten vor dem Haus, habe Blumen gekauft. Sie fährt einen sportlichen Wagen, wie ich ihn mir nie hätte leisten können, wie er eigentlich auch zu Martha gar nicht paßt. Aber vielleicht ist ihr strenges Gehabe nur Maske, oder ihre Lebensgefährtin findet an einem solchen Wagen Geschmack.

Wir gehen schweigend die Friedhofswege entlang. Hin und wieder lese ich auf den Grabsteinen Namen, die mir etwas sagen. Das Bewußtsein, selber noch am Leben zu sein, beflügelt meinen Schritt. Es gibt Leute, die sich vor jedem Grab als Sieger fühlen.

Wir stehen am Grabe Renates. Martha hat ein Gebinde aus getrockneten Blumen und Zweigen mitgebracht. Sie hält offenbar immer noch nichts von Schnittblumen. Für meine Blumen besorgt sie wie einst ein Glas von einer anderen Grabstelle und füllt es an der Tonne mit Wasser. Unser erstes Zusammentreffen an Renates Grab liegt jetzt 30 Jahre zurück. Damals war Martha 13, ein etwas dreistes Mädchen. Als die Blumen am Grabstein stehen und das Gebinde aus Getrocknetem danebenliegt, rupft Martha noch ein paar Unkrautbüschel aus und hätte wohl Lust, wieder zu gehen. Ich aber stehe an meinem Platz, räuspere mich und suche nach Worten, nach ein paar Worten der Liebe und der Trauer, setze ein paarmal an, komme dann aber doch nur zu den Umständen, unter denen Renate zu Tode gekommen ist. Martha kann dazu nichts sagen, weil sie zur Zeit des Unglücks bei einer Freundin war. Ich erwähne die Zweifel, die mir gekommen seien. Sie widerspricht nicht. Dann werde ich deutlich: «Meinen Sie ... Halten Sie es für möglich, daß es kein Unfall war?»

«Sie denken an …»

«Daran, daß sie sich aus Verzweiflung aus dem Fenster gestürzt hat.»

Martha schüttelt den Kopf. «Schon meinetwegen hätte sie so etwas nie getan. Ich war damals dreizehn, und sie hätte mich niemals meinem Vater ausgeliefert.»

«Ausgeliefert? Das klingt recht hart. Er sagte mir, daß er zu seiner Tochter ein sehr enges Verhältnis gehabt habe.»

«Man kann es so nennen. Mein Vater ist ein schwacher Mensch. Ich sagte es Ihnen schon einmal. Und ich war ein Kind.»

Es wäre taktlos gewesen, noch weiter in sie zu dringen.

Sie schweigt eine Weile. Dann sagt sie: «In letzter Zeit suchen Sie meinen Vater doch öfter auf. Haben Sie die Kinder aus dem Heim schon einmal bei ihm angetroffen?»

«Aus was für einem Heim?»

«Aus einem Heim für Kinder, die keine Eltern mehr haben oder vor ihren Eltern in Sicherheit gebracht worden sind.»

«Habe ich bei ihm noch nicht gesehen», sage ich befremdet. «Wieso kommen denn diese Kinder zu ihm?»

«Mein Vater hat dem Heim einen Teil seines Vermögens vermacht. Mein Verhältnis zu ihm war recht distanziert, seit ich aus dem Hause bin. Zeitweise bestand überhaupt kein Kontakt. Deshalb kann ich zufrieden sein, daß er mich nicht auf das Pflichtteil gesetzt hat. Mein Vater tut mir leid. Trotz allem.» Nach einer Pause setzt sie noch hinzu: «Aber wir sind gekommen, um meiner Mutter zu gedenken.»

Dritter Gang zum Ententeich

Ein paar Tage später. Ich will Viktor abholen. Er aber ist zunächst anderweitig in Anspruch genommen. Die Kinder aus dem Heim, Martha erwähnte sie, sind um ihn herum. Die ältesten wohl so um die zwölf Jahre, die jüngsten im Vorschulalter, Jungen und Mädchen. Viktor teilt Bonbons aus wie Futter für die Enten. In der Ecke sitzt eine robuste Frau, offenbar die Aufsichtsperson.

Viktor strahlt mich an. «Seit die im Heim wissen, daß sie was von mir erben, schicken sie die Kinder öfter mal her. Nachschauen, ob der Erbfall bald eintritt. Aber ich habe gern Kinder um mich. Ich habe öfter welche um mich gehabt, seit Martha aus dem Haus ist.»

«So so», sage ich.

«Denk, was du willst. Es ist doch nur Schlechtes.»

Ich widerspreche nicht.

Zwei kleine Mädchen geben Viktor zum Abschied ein Küßchen auf die Wange. Unter den strengen Augen der Aufsichtsperson. Sie wollen noch ein Lied singen, aber Viktor winkt ab.

Wir sind allein. «Zum Rest kannst du mir noch ein wenig Freude gönnen», sagt Viktor. ‹Zum Rest›, sagt er.

Wieder der Weg zum Pavillon am Teich. Jetzt müßte Viktors Bemerkung über mein körperliches Befinden kommen. Ich überlege, ob ich mit einer schroffen oder einer ironischen Wendung reagieren soll. Aber Viktor schweigt. Ich schiebe den Rollstuhl absichtlich langsamer und atme hörbar.

Wieder nichts. «Hast du heute gar nicht den Eindruck, daß ich erschöpft bin?» frage ich schließlich.

«Doch, schon. Aber du willst ja mein Mitgefühl nicht.»

«So weit bin ich noch nicht, daß ich dein Mitgefühl brauche.»

«Oh, sag das nicht. Wer selber an der Schwelle steht, hat dafür ein Gespür.»

«Du kannst mich nicht verunsichern. Nicht mehr.»

Viktor lacht.

Wir sind im Pavillon. Ich reiche ihm ungebeten die Plastik-Ente und schicke mich an, ihm behilflich zu sein.

«Laß es, wenn es dir widerlich ist», sagt er. «Die linke Hand kann ich allerdings immer noch nicht wieder gebrauchen.» Er hebt sie hoch und zeigt mir die Bandage. «Aber bemüh dich nicht. Es muß heute nicht sein. Heute nicht und auch nicht in Zukunft.»

«Weil ich dich nicht mehr hierherschieben soll – oder weshalb?»

«Merkst du nicht, daß ich ziemlich am Ende

bin? Die vom Heim merken es. Umkreisen mich wie die Aasgeier.»

«Es sind Kinder!»

«Man sagt ihnen, wie sie sich verhalten sollen. Hast du gesehen, wie die beiden niedlichen Kleinen mich auf die Wange geküßt haben? Meinst du, sie tun das von selber? Alles abgesprochen. Regieanweisung. Ich mache gute Miene. Besser so als gar nicht. Wo's zum Rest geht.»

«Ich sehe nicht, daß sich dein Zustand verschlechtert hat.»

«Du hast in deinem Leben das Entscheidende nie gesehen. Es wird bei dem einen Schlaganfall nicht bleiben. Der zweite kündigt sich an. Schwindelgefühl, Benommenheit. Das Denkvermögen läßt nach. Für Gespräche mit dir reicht es aber noch.»

«Ich nehme Rücksicht auf dich», kontere ich.

«Erste Sprachstörungen stellen sich ein. Das Hirn hat zwei Hälften, die kreuzweise für die beiden Körperseiten zuständig sind. Das Sprachzentrum sitzt links. Ich bin rechtsseitig gelähmt, das heißt, das Gerinsel, oder was es ist, sitzt in der linken Gehirnhälfte.»

«Dann freu dich, daß dein Sprachzentrum noch in Ordnung ist.»

«Das ist zu erklären. Ich bin ja Linkshänder, und das bedeutet, daß das Sprachzentrum mehr rechts sitzt. Trotz alledem, die Schwierigkeiten fangen an. Gestern hatte ich eine Meinungsverschiedenheit mit der Mumm. Erstens fielen mir die passenden Worte nicht ein, und zweitens wurde mir die Zunge schwer. Wenn ich nun der Mumm nicht mehr gewachsen bin? Was dann?»

«Dann nimm dir ’ne andere.»

«Der werde ich genausowenig gewachsen sein. Vielleicht noch weniger. Denn die Mumm ist eine dumme Kuh. Außerdem hab ich sie in der Hand.»

«Ausgleichende Gerechtigkeit. Jetzt merkst du, was man fühlt, wenn man der Unterlegene ist.»

«Schlimmer ist: Ich kann Darm und Blase nicht mehr kontrollieren. Regelmäßig setzt mich die Mumm auf den Topf. Manchmal klappt’s, aber meistens nicht. Und dann mache ich mich voll, ohne es zu merken.»

«Deshalb ist es das letztemal, daß ich dich ausfahre?»

«Nimm es so. Und jetzt auf den Hügel!»

Viktor schnuppert. «Heute stinkt es wieder. Kot und Urin, um es mal fein auszudrücken. So stinkt das, Alfi. Bei mir auch nicht besser. Warum muß das Zeug eigentlich so stinken? Kannst du mir das sagen?»

«Für Tiere sind das angenehme Gerüche. Uns Menschen wird die Abneigung gegen solche Gerüche anerzogen. Ist wohl ein Zeichen von Entartung.»

«Entartung, du sagst es. Guck mich an. Was aus mir geworden ist.» Er schaut in die Ferne, macht mit der bandagierten Hand eine Gebärde, als wollte er von allem Besitz ergreifen. «Die Schule dort hinten, der Schlachthof ... Was für Erinnerungen, Alfi! Längst vorbei das alles.»

«Soll ich dich jetzt zum Steg schieben? Die Enten warten.»

«Einen Augenblick noch. Laß mich noch einen Augenblick.»

Ich habe ihn immer beneidet. Jetzt tut er mir leid. Ein Leben lang wäre ich gern gewesen wie er. Wie er in früheren Zeiten. Und ohne auf das zu verzichten, was ich ihm voraus hatte. Denn damit muß ich ihn tatsächlich irgendwie beeindruckt haben, schon in unserer Schulzeit. Als Hintergrund, als Kontrast zu seinem strahlenden Bild wären auch andere geeignet gewesen. Aber er kam immer wieder auf mich zurück. Mein kritischer Geist mag ihn beeindruckt haben, mein Interesse an kulturellen Dingen. Manchmal profitierte er von meinem Wissen, merkte sich etwas und glänzte damit während des Unterrichts, vor Freunden und vor Mädchen, und vor diesen ganz besonders. Es störte ihn überhaupt nicht, wenn ich dabei war. Dann sah er mich mit Stolz an, erwartete wohl gar noch Anerkennung, daß er sich meine Worte gemerkt hatte, daß er sie für wert befunden hatte.

Aber was zählen diese Dinge bei Halbwüchsigen! Was zählt ein Buch, das man gelesen hat, gegen einen Sprung vom Zehn-Meter-Turm, was zählt ein Gedicht, das man kennt, gegen eine

Hocke vom Hochreck! Als ich älter wurde, wußte ich, daß der Sprung vom Turm und die Hocke vom Hochreck recht hübsche Marginalien im Leben eines Menschen sind. Jedoch, während ich dies schreibe, wird mir brennend klar, daß mir die Marginalien persönlich wichtiger gewesen wären.

«Wie die Zeiten sich ändern», sagt Viktor. «Heute siehst du appetitlicher aus als ich. Trotz deiner dürren Figur, der eingefallenen Brust und des krummen Rückgrats, das du immer schon hattest. Hast du auch die langen, dünnen Haare an den Beinen noch? Schieb mal das Hosenbein hoch!»

Ich merke, daß ich rot werde. Eine alte Schwäche von mir. Glücklicherweise stehe ich jetzt hinter Viktor, so daß er es nicht sieht.

Da fordert er mich auf, den Rollstuhl umzudrehen, und schaut mir direkt ins Gesicht. Seine Augen glänzen, sein Mund verzieht sich zu einem anzüglichen Grinsen. «Sei ehrlich, Alfi, warst du scharf auf mich, als wir Jungens waren?»

Ich trete einen Schritt zurück und starre ihn entgeistert an. Er spricht es aus! Einfach so! «Wie kannst du so was fragen? Ich habe dir keinen Grund gegeben. Ich mochte dich. Das ist alles.»

«Das ist nicht alles, Alfi. Viele mochten mich, aber bei dir war es mehr. Einmal hast du mich geküßt, umarmt und geküßt. Nicht richtig, aber immerhin.»

Peinlich, daß er mich daran erinnert! Ja ja, ich mochte ihn, mehr als ich zugeben konnte. Aber ich hatte mich stets zurückgehalten. Nichts war gewesen zwischen uns. Nichts.

Er sieht mich immer noch an, vorwurfsvoll fast. «Du hättest mich haben können. Ich hätte nichts dagegen gehabt.»

Ich suche mich zu fassen, zwinge mich zu einer ruhigen Antwort. «Vergeben und vergessen», sage ich. «Zur Zeit will ich jedenfalls nichts von dir. Da kannst du sicher sein.»

Ich treffe energische Anstalten, den Rollstuhl zum Steg hinunter zu schieben, aber Viktor hält mich am Arm. «Heiner Jeve, unser Freund damals, du erinnerst dich?»

Natürlich erinnere ich mich. Heiner Jeve betrachtete mich in unserer Schülerzeit als Feind und leitete daraus das Recht zu jeder Gemeinheit ab. Immer wieder drängte er sich zwischen Viktor und mich, wollte ihn für sich allein. Keine Niedertracht war ihm dabei zu schmutzig. Heiner Jeve ... Ich erinnere mich gut!

Viktor faßt mich genau ins Auge. «Wir haben es miteinander getrieben, Heiner und ich. Jugendsünden. Auf der Klassenfahrt in den Harz zuerst. Dann bei mir zu Hause, bei ihm, wie es gerade kam.»

«Ich weiß nicht, wieso du das jetzt ... Was soll das jetzt, nach so vielen Jahren?»

«Wenn du mich damals haben wolltest, hast du was versäumt. Du bist feige, Alfi. Nimm dir, was du haben willst, wenn du es haben kannst.»

«Ich habe nie daran gedacht, irgendwelche Sachen mit dir zu machen.»

«Doch, du hast daran gedacht. Ich habe deine Blicke bemerkt. Unter der Dusche, im Schwimmbad, beim Umkleiden. Die rote Badehose mochtest du besonders gern, und ich wußte auch, warum.»

«Jetzt reicht es! Peinlich finde ich das. Wir sind beide alte Kerle, und an keinem ist noch irgendwas dran.»

«Aber du hast mich einmal gut gefunden.»

«Ja», sage ich gequält, «alle fanden dich gut. Aber darüber sprach man doch nicht. Nicht bei einem Jungen. Und deshalb mußte doch nicht jeder gleich mit dir ...»

«Du hättest es können. Du hättest nur den Mut dazu haben müssen. Heiner Jeve hatte ihn.»

«Unser Gespräch artet aus», sage ich abschließend. «Es gibt Dinge, die man besser nicht anrührt. Auch nicht nach fünfzig Jahren. Und auch nicht unter Freunden.»

«Freunde? Sind wir das noch?»

Ich antworte nicht, aber in mir schreit es: Nein, nein, nein!

Viktor läßt nicht locker, will mich provozieren. «Bilde dir bloß nicht ein, daß du mit Renate glücklich geworden wärst. Gegen weiße Haut mit dünnen Haaren hatte sie was. So war das, mein Lieber. Dein Getue mit der einzigen großen Liebe deines Lebens ist ziemlich albern. Lächerlich ist das. Du redest dir das ein, weil du eine Erklärung für deinen Frust suchst. Finde sie bei dir selbst!»

Wieder antworte ich nicht. Hat er recht? Vielleicht.

Er schaut lange auf den Schlachthof in der Ferne. «Ich hätte dir Renate gegönnt. Jetzt im nachhinein. Du wärst mit ihr noch viel übler dran gewesen als ganz ohne Frau. Wobei ich dich im Verdacht habe, daß du dir aus Frauen nie viel gemacht hast. Und die große unglückliche Liebe deines Lebens, diese angebliche Liebe, war dein Alibi!»

Ich bemühe mich vergeblich, eine ironisch-überlegene Antwort zu finden. Gut, daß ich hinter Viktor stehen kann. «Nur weiter», murmele ich mit zusammengebissenen Zähnen.

«Deine verehrte Renate war total verkorkst, mein Lieber. Der Schlachthof war schuld und daß ihr Vater ihn leitete. Nach dreißig Jahren kann man ja wohl darüber sprechen, ohne taktlos zu sein.»

Ich möchte ihn zum Schweigen bewegen, schaffe es nicht, balle die Fäuste, bin entschlossen, mir mein Bild von Renate nicht zerstören zu lassen. «Sie konnte kein Blut sehen», fährt Viktor fort. «Mußte sich übergeben, auch wenn es ihr eigenes war. Als ich mit ihr zum erstenmal im Bett war, blutete es bei ihr. Sie war noch Jungfrau, Alfi, dank deiner ... na ja. Sie mußte sich übergeben, und von da an hatte sie was gegen Verkehr. Wenn sie ihre Tage hatte, war es ähnlich. Einmal hat sie sich fast die Seele aus dem Leib gekotzt.»

«Wenn's geht, bitte nicht so drastisch. Für diesen Ekel konnte sie nichts. Und damit kannst du mir ihr Bild nicht vermiesen.»

«Sie hat als Kind einmal heimlich ins Schlachthaus geschaut. Davon ging alles aus. Als Martha geboren wurde, konnte sie ja glücklicherweise nicht sehen, was sich unten herum abspielte, aber sie spürte das Blut und das Fruchtwasser und all das eklige Zeug. Das war für sie schlimmer als der Schmerz. Als man das Neugeborene hochhob und sie es zu Gesicht bekam, mußte sie sich übergeben. Nichts von Mutterglück und Tränen im Auge. Sie sah nur die knorpelige Nabelschnur und das blutbeschmierte Lebewesen. Wirkte wohl eher wie ein gehäutetes Kaninchen.»

«Es wäre deine Aufgabe gewesen, sie von ihren Phobien zu befreien.»

«Leicht gesagt. Nackte Haut stieß sie ab, und Geschlechtsteile waren für sie so was wie heraushängendes Gedärm. Da mach mal was. Als ich sie kennenlernte, hatte ich ja eine recht sportliche Figur. Da ging es noch. Aber dann legte ich bald ziemlich zu. Da hat sie mir doch eines Tages gesagt, jetzt wisse sie, daß der Mensch nicht vom Affen abstamme, sondern vom Schwein. Stell dir mal vor!»

«Abgesehen von der äußeren Ähnlichkeit, gibt es Charakterschweine und arme Schweine.»

«Verstehe. Du siehst wenigstens ein, daß du ein armes Schwein bist, Alfi. Und jetzt noch ein letzter Blick in die Runde, und dann hinunter zum Steg!»

Ich stoße den Rollstuhl vor mir her, schiebe ihn auf den Steg, bis ans äußerste Ende. Alles ist wie sonst. Die Enten kommen angepaddelt, das Wetter ist ruhig und nichtssagend. Kein Donnergrollen, kein drohendes Gewölk mit fernen Blitzen. Und doch hätte es so sein sollen. Denn nichts ist heute wie sonst. Alles drängt zum Ende.

Ich halte Viktor die Tüte mit dem Entenfutter hin. «Schade, daß sie dir nicht aus der Hand fressen können. So wie die Kinder aus dem Heim.»

«Und so wie du, Alfi. Du hast mir doch auch aus der Hand gefressen.»

«Längst vorbei das alles, wie du immer sagst. Es gab Zeiten, da war es so. Aber ich habe dich allmählich erkannt. Im Grunde bist du ein schwacher Charakter.»

Er lacht. «Ja, ich hatte so meine Schwächen. Aber die haben mir immer viel Spaß bereitet. Ich bereue nichts, Alfi!»

«Wirklich nichts? Denk mal an Martha. Sie hat nicht die richtige Einstellung zu Männern, wie es scheint.»

«Das Erbteil ihrer Mutter.»

«Nicht auch deine Schuld? Um es mal ganz klar zu sagen: Du hast Marthas Leben, Renates Leben und auch meines kaputtgemacht.»

«So sehe ich das nicht. Ihr alle drei, Renate, Martha und du, ihr habt euer Leben selber kaputtgemacht, mehr oder weniger. Ich habe versucht, euch davor zu bewahren. Das ist die Wahrheit, mein Lieber. Die du nicht akzeptieren willst.»

«Für dich sind immer die anderen schuld. Du verdrehst alles zu deinem Vorteil.»

«Renate, Martha und du – eine nette Familie hättet ihr abgegeben. Wenn damals aus deinem Techtelmechtel mit Renate mehr geworden wäre.»

«Ja, das Techtelmechtel, wie du sagst, kannst du mir vorwerfen, meinetwegen auch noch nach vierzig Jahren. Aber letzten Endes habe ich mich dir gegenüber dann doch korrekt verhalten.»

«Ein Jammerlappen bist du, Alfi. Immer gewesen!»

«Der ‹Alfi› von früher ist gestorben.»

«Nein, er steht hier vor mir. Oder hinter mir, weil er mir nicht in die Augen sehen kann. Du hattest es gar nicht nötig, dein Licht unter den Scheffel zu stellen. Statt dich auf dich selber zu besinnen, hast du immer nur auf mich geschielt. Aber es fehlte dir an Courage und noch an einigem mehr. Ich wollte dir begreiflich machen, daß du anders bist als ich, daß du gar nicht so sein kannst und auch gar nicht so sein mußt. Aber das hast du nicht kapiert. Dein Leben lang hast du dich selbst bejammert: Alfons, der Geschundene, Alfons, der Benachteiligte! Du hast versagt. Ein Versager bist du.»

«Du hast mich so abgestempelt. Erfolg ist erst richtig schön, wenn man sich mit jemandem vergleichen kann, der keinen Erfolg hat. Du wolltest mir nicht helfen, du wolltest mich im Dreck sehen.»

«Du setzt dich selber in den Dreck und gibst mir die Schuld. Steh doch wenigstens zu dir! So wie ich zu mir. Mit allen meinen Schwächen.»

«Ein Schwein, das im Dreck liegt, weil es nicht anders kann, ist immer noch besser als eines, das sich mit Lust im Dreck suhlt.»

«Umgekehrt: Das letztere ist besser. Weil es frei ist.»

«Wer ein Schwein ist und sich ohne Scham dazu bekennt, sogar noch stolz darauf ist, daß er sich dazu bekennt, der ist das vollkommene Schwein.»

Viktor lacht. Er lacht! «Nein, das vollkommene Schwein ist so sehr Schwein, daß es den Dreck als selbstverständlich hinnimmt. Der Wille fehlt, hinauszukommen. Der Dreck ist seine Welt.»

Er wirft der besonders fetten Ente, die er allen anderen vorzieht, einen dicken Brocken hin. «Du stehst doch immer vor der Tafel im Pavillon, damit du mir nicht beim Pissen zusehen mußt – was ist das für eine Sorte Ente, die kräftige da?»

Ich antworte nicht. Wer könnte sich jetzt für Enten interessieren! Ich habe mich aus Viktors Schatten gelöst, und ich muß es beweisen. Er soll es zur Kenntnis nehmen. Am Ende bin ich der Stärkere.

«Wir kommen mit dem Futter nicht aus», sagt Viktor. «Schade, gerade heute reicht es nicht.»

«Was war zwischen dir und Martha?» frage ich unvermittelt.

«Äk äk äk, quäk!» Viktor scheut sich nicht, den Ruf einer Ente nachzuahmen.

«Was war zwischen dir und Martha?»

«Geht dich das was an, lieber Freund? Es geht dich nichts an, denke ich. Es geht dich einen Scheißdreck an, möchte ich mal deutlich sagen. Es ginge dich selbst dann nichts an, wenn Martha deine Tochter wäre.»

Martha meine Tochter! Ich muß schlucken. Er sagt es einfach so. Als wenn es nichts wäre. Hat er denn jede Hemmung verloren?

«Sie hat sich mir anvertraut, damals», sage ich und weiß, daß ich übertreibe. «Aber ich habe es nicht für möglich gehalten, daß du zu so was fähig bist.»

Viktor wirft der besonders fetten Ente einen weiteren Brocken zu. «Du mußt doch wissen, was für eine Sorte Ente das ist. Die mit dem grünen Kopf.»

«Ich habe es nicht für möglich gehalten, daß du zu so was fähig bist», wiederhole ich.

«Das ist manchmal leicht, mein Lieber. Da gibt's zuerst ein Geküsse und Geschmuse, und mir soll, verdammt noch mal, keiner erzählen, daß das nicht auch zwischen Kindern und Eltern eine erotische Note hat. Dann kommt so ein Kind des Sonntagmorgens zu einem ins Bett, man streichelt es und ist dann ganz schnell mit den Fingern auch dort, wo man nicht sein darf, wo es die Kleine aber durchaus ganz gern hat.»

«Ach, mehr ist es für dich nicht? Nicht mehr? Das ist aber doch …»

«Reg dich ab! Es ist über dreißig Jahre her. Außerdem ist es gar nicht so sehr weit gegangen. Ich weiß nicht, was Martha dir erzählt hat. Immerhin hast du es nicht für nötig gehalten, mich darauf anzusprechen. So schlimm kann es also nicht gewesen sein. Oder du hast mal wieder Angst gehabt. Renate hat es übrigens dann nach Kräften hochgespielt. Wir kennen ja ihre Einstellung zum Sex. Außerdem verfolgte sie einen Zweck damit. Und nun noch einmal die Frage: Was für eine Sorte Ente ist das, die fette mit dem grünen Kopf?»

«Eine Stockente», sage ich, obwohl ich es nicht genau weiß. Ich suche mich zu beruhigen, meine Hände zittern, meine Stimme klingt unsicher.

«Die Kleine da ist am beweglichsten.» Viktor weist auf eine – es könnte eine Reiherente sein. «Und gar nicht scheu. Gefällt mir. Schwimmt weite Strecken unter Wasser, hebt nur den Kopf heraus zum Luftholen. Wie viele Meter konnte ich eigentlich früher tauchen? Das weiß ich schon gar nicht mehr. Aber du hast dir doch so was gemerkt. Längst vorbei das alles. Vergeben und vergessen.»

«Nichts ist vergeben und nichts vergessen.» Ich versuche meiner Stimme Festigkeit zu geben. «Und ich glaube nicht, daß Renates Tod ein Unfall war.»

«Kein Unfall? Hat Martha dir das auch gesagt?»

«Du hast sie in den Tod getrieben. Sie hat sich aus dem Fenster gestürzt.» Ich hole tief Luft, muß mir einiges von der Seele reden. «Die ganze Zeit, heute und die vergangenen Male, die ganze Zeit habe ich dich reden lassen, obwohl es mir kaum erträglich war. Ich habe deine Taktlosigkeiten, deine geschmacklosen Bemerkungen über Renate, all das habe ich mir angehört, weil ich wissen wollte, wie sie zu Tode gekommen ist. Weil es ihrer nicht würdig ist, daß sie beim Wegwischen von Vogeldreck aus dem Fenster fällt. Jetzt ist mir klar, daß du sie nicht nur unglücklich gemacht hast. Du hast sie zum Letzten getrieben, und dafür verdienst du jede Strafe. Aber nicht einmal ihr Andenken bedeutet dir was. So spricht man nicht über einen Menschen, der einem einmal nahegestanden hat, auch wenn er dreißig Jahre tot ist. Es mag sein, daß ich Renate idealisiere, aber du ziehst sie herab. Wie du alles, was schön und edel ist, herabziehst. Das ist nichtswürdig.»

«Reg dich ab, Alfi. Aufregung tut nicht gut in unserem Alter.» Er hält mir in der flachen Hand ein paar Brotkrumen hin, grinst: «He, friß mir aus der Hand. Wie früher.»

Ich kann nur mit Mühe an mich halten. Am liebsten würde ich seine Hand zur Seite schlagen. Wenn der Verband nicht wäre. Aber ich will Viktors Bestätigung, daß Renate sich absichtlich in den Tod gestürzt hat. «Gib zu, daß sie sich umgebracht hat!»

Viktor wirft den Enten den letzten Brocken zu und läßt die leere Türe fallen. «Ich kann nicht zugeben, was nicht stimmt. Sie hat sich nicht umgebracht. Auch Martha wird das nicht behauptet haben.»

«Martha glaubt nicht an einen Unfall. Genau wie ich.»

«Na gut, es war kein Unfall, es war kein Selbstmord. Was war es also dann?»

Ich brauche einen Augenblick, um die Tragweite dieser Äußerung zu erkennen.

Viktor spricht gelassen weiter. «Renate hat mich zuletzt gehaßt. Gut, ich sie auch. Aber du wirst nicht annehmen, daß mich das zu einer Gewalttat veranlaßt hätte. Soweit kennst du mich. Aber wer mir ins Gehege kommt, wer mir gar droht, der ist schlecht beraten. Schau dir die Ente an, die kleine dunkle, mit den weißen Augenringen, die läßt sich auch nichts gefallen. Schau sie dir an!» Erregtes Schnattern und Schreien erschallt vom Wasser her. Viktor macht eine Pause, scheint zu überlegen. Ich halte den Atem an. Warte. Starre in Viktors haariges Genick. Er schaut über den Teich, scheint die Enten nicht mehr zu beachten. «Wir haben uns gehaßt, Renate und ich. Sie mich noch mehr als ich sie. Die Scheidung wollte sie längst. Ich gab ihr keinen Grund, und damals galt noch das Verschuldensprinzip. Ich wollte aus finanziellen Gründen eine Scheidung vermeiden. Würde zu weit führen, wenn ich das jetzt erkläre. Ich hatte einige schwere geschäftliche Rückschläge einstecken müssen. Renate hat in dieser Situation etwas getan, was dein ideales Bild von ihr ein bißchen verzerren wird. Sie hatte gemerkt, daß zwischen Martha und mir … na ja. Sie hat es sich eine Zeitlang mit angesehen. Bitte nimm das zur Kenntnis! Und dann hat sie mich zur Rede gestellt. Nicht nur das, sondern mir mit Anzeige gedroht. Jetzt konnte sie die Scheidung erzwingen. Und sie hatte sogar die Möglichkeit, mich zu vernichten. Großer Gott, so darf man einen Menschen nicht in die Enge treiben! Und mich schon gar nicht. – Jetzt kennst du die Wahrheit.»

Das alles, dies ungeheuerliche Geständnis, es scheint ihn kaum zu berühren. Meine Erregung wächst mit jedem Atemzug. «Du hast sie ermordet! Du bist ein Mörder! Ein Mörder!»

«Nicht so ganz. Wir hatten Streit. Renate verzog sich in Marthas Dachraum. Das tat sie öfter, wenn wir Ärger hatten. Diesmal betrachtete ich unsere Debatte nicht als beendet, wollte ihr noch was begreiflich machen. Ich ging ihr also nach, riß die Tür auf, sah noch, daß sie sich gerade aus dem Fenster beugte, rief sie an, wahrscheinlich recht laut und wütend. Sie bekommt einen Schreck, verliert das Gleichgewicht, kann sich noch am Fensterkreuz festhalten … Nun ja, ich hätte ihr helfen können. Ich tat es nicht.»

«Du Mörder!» keuche ich. Ein schwerer Druck hat sich auf meine Brust gelegt. Ich kann kaum atmen.

Viktor bleibt ruhig. «Unterlassene Hilfeleistung. Totschlag durch unterlassene Hilfeleistung oder was weiß ich.»

«Du wirst dich dafür verantworten. Dafür werde ich sorgen.»

«Verjährt, Alfi, längst verjährt.» Er sieht mich mitleidig an. «Es war übrigens tatsächlich Vogeldreck an der Scheibe. Ein großer Flecken Vogeldreck.»

«Du Mörder!» schreie ich, und immer wieder: «Du Mörder!» Der Druck auf meiner Brust verstärkt sich. Und dann bin ich plötzlich auf dem Weg am Teich. Ich laufe, schaue mich nicht um, laufe, presse die Arme auf die schmerzende Brust, laufe, laufe ...

Ein wütender Schmerz in der Magengegend. Noch ehe ich zu Hause bin. Ich muß stehenbleiben. Der Druck auf der Brust benimmt mir den Atem, der linke Arm ist wie ausgehöhlt. Ich kenne das. Habe vor Jahren einen Herzinfarkt gehabt. Muß mich jetzt zusammennehmen. Brauche Ruhe. Aber Ruhe in meiner Situation? Eine Bank zirka fünfzig Meter rechts. Eine Frau kommt mir zu Hilfe. «Sie sind ja aschfahl!» Sie geleitet mich zur Bank. Ich beteure, daß es mir schon besser gehe. Will sie los sein. Ruhe mich aus. Zu Hause liegt ein Nitrospray für solche Fälle. Ich muß sehen, daß ich nach Haus komme.

Die Treppe zum 1. Stock schaffe ich nur mit Mühe. Schließe mit zittrigen Händen die Wohnungstür auf, wanke hinein, sinke aufs Sofa. Dann der Spray. Es geht mir besser. Einen Arzt brauche ich nicht.

Viktor! Viktor in seinem Rollstuhl! Nicht daß es mir erst jetzt wieder einfällt. Aber ich habe mit mir selber zu tun. Viktor sitzt in seinem Stuhl auf dem Steg und schaut den Enten zu. Er ist besser dran als ich. Obwohl er es nicht verdient. Es überläuft mich siedend heiß: Viktor ein Mörder, der Mörder Renates! Wieder der Druck auf meiner Brust. Viktor hat Renate getötet!

Ich rufe bei ihm zu Haus an. Niemand hebt ab. Nach einiger Zeit versuche ich es nochmals. Frau Mumm meldet sich. Sie sei nur eben zur Apotheke gewesen. Hin und gleich wieder zurück. Um für Herrn Wendlich ein Medikament zu besorgen. Deshalb also habe sie vorhin nicht abgenommen. Und dabei eile es so sehr: Herr Wendlich ganz allein auf dem Steg! Sie werde sich natürlich sofort darum kümmern.

Ich habe meine Schuldigkeit getan, lege mich nieder, versuche ruhig und tief zu atmen, mühe mich, den Aufruhr in meinem Innern zu bändigen.

Das Telefon! Ich fahre aus einem flüchtigen Schlaf hoch, sehe auf die Uhr, eine Dreiviertelstunde ist vergangen, greife zum Hörer. Frau Mumm, streng, beherrscht und vorwurfsvoll: «Er ist in den Teich gekippt. Mitsamt dem Rollstuhl. Ertrunken. Ja, Sie haben mich richtig verstanden. Lag unter dem Rollstuhl im Wasser. Sie hätten ihn nicht allein da stehenlassen dürfen! Das haben Sie nun davon.»

Ich nehme kaum noch auf, was sie sonst noch zu berichten hat: die Feuerwehr ... die Polizei ... mein Name angegeben ... ich muß mit Besuch rechnen. «Ist trotzdem traurig», sagt sie abschließend und legt auf.

Es dauert nicht lange, und einer von der Kriminalpolizei steht vor der Tür. Jagster sein Name, Kommissar. Er habe ein paar Fragen an mich. Ich bitte ihn herein, möchte zunächst wissen, was überhaupt im einzelnen geschehen sei. Er weicht aus. Es sei nicht seine Aufgabe, mich über die näheren Umstände des Todesfalls in Kenntnis zu setzen. Darauf habe nur die Tochter Anspruch. Von mir brauche er einige Angaben zur Klärung des Falles. Ich bitte ihn, mir trotzdem zu sagen, wie man Viktor gefunden habe. «Das wird sich dann schon im Laufe unseres Gesprächs ergeben», sagt er, und mir wird klar, daß ich unter Verdacht stehe. Fahrlässige Tötung, darum könnte es gehen.

Ich überlege, was ich sagen darf und was nicht. «Es ist Ihnen doch wohl klar, daß mich der Tod meines Freundes zutiefst bewegt. Zumal ich der letzte war, der mit ihm gesprochen hat.»

«Ja, eben deshalb müssen Sie einige Fragen beantworten. Als erste die, warum sie den Verunglückten auf dem Steg alleingelassen haben.»

Ich konstatiere, daß er von dem ‹Verunglückten› spricht. «Normalerweise», sage ich, «hätte ich das natürlich nicht getan. Ich bekam plötzlich heftige Herzbeschwerden. Angina pectoris, wenn Ihnen das was sagt. Und da ich schon einen Herzinfarkt hinter mir habe, kenne ich die Vorboten. Ich mußte fürchten, daß ich erneut einen Infarkt bekam.»

«War aber nicht so, wie es scheint.»

«Bei Beschwerden dieser Art weiß man nie, wozu sie führen. Sie haben sich gelegt, nachdem ich zu Hause Medikamente genommen habe. Medikamente, die mir vom Arzt für solche Fälle verschrieben worden sind.»

«Aber einen Arzt brauchten Sie nicht? Ich meine, bei einem so schlimmen Anfall ...»

Ich hole den Spray und dazu noch drei weitere Schachteln mit Tabletten, einem Calziumantagonisten, einem Betablocker und einem Nitropräparat. Alles klassische Mittel gegen Herzinsuffizienz, wie der Mediziner sagt. Niemand kann es bestreiten. Die Tabletten sind allerdings schon ziemlich alt, weil ich sie nur von Zeit zu Zeit genommen habe.

Der Mann von der Kripo, Jagster mit Namen, ich sagte es schon, schreibt sich die Bezeichnungen der Medikamente umständlich auf, fragt nach der Dosierung und läßt sich einiges von mir erklären, über Herzinfarkte, ihre Ursachen, ihren Verlauf und ihre Folgen. Mir ist gar nicht mehr klar, ob es hier um mich oder um den toten Viktor geht.

«Ich notiere also», sagt Jagster, «daß Sie wegen Ihres Gesundheitszustandes unbedingt nach Haus mußten und deshalb genötigt waren, Ihren Freund allein zu lassen. – Konnten Sie ihn denn nicht mitnehmen? Wenigstens ein kleines Stück?»

«In meinem Zustand war ich nicht in der Lage, einen Rollstuhl zu schieben. Eile war geboten. Anstrengung konnte tödlich sein.»

«Ja, wenn's so schlimm war. Und Ihr Freund war damit einverstanden, daß Sie ihn allein dort auf dem Steg zurückließen?»

«Was sollte ihm passieren? Es gibt dort Spaziergänger, und ich hatte versprochen, sofort seine Pflegerin, eine Frau Mumm, anzurufen. Eine halbe Stunde später hätte sie ihn abholen können. Im übrigen hätte ich wegen meiner Medikamente auch dann nach Haus müssen, wenn es länger gedauert hätte.»

«Es hat länger gedauert.»

«Hat es?»

«Der Tote wurde etwa um 16.15 Uhr aufgefunden. Sie haben Frau Mumm erst um 16.45 angerufen. Wie weit haben Sie es vom Teich bis zu Ihrer Wohnung?»

«Unter normalen Umständen eine Viertelstunde. Aber ich mußte mich unterwegs ausruhen. Auf einer Bank. Eine Frau kann es bezeugen.»

«Und wann waren Sie in Ihrer Wohnung angelangt?»

«Ich habe nicht nach der Uhr gesehen.»

«Etwa?»

«Kann ich nicht sagen. Sicher vor 16.45 Uhr, denn da soll ich ja Frau Mumm angerufen haben.

Ich hatte es vorher schon einmal versucht. Da hat sie nicht abgenommen.»

«Trotzdem haben Sie sich anscheinend mit der Benachrichtigung Zeit gelassen.»

«Wenn man mit sich selber zu tun hat ... Außerdem wußte ich doch nicht, daß inzwischen etwas passiert war.»

Er scheint zufrieden. Indes, es geht mir nicht gut. Wirklich, es geht mir nicht gut. Ich bitte ihn, das Gespräch zu beenden.

Er reagiert gar nicht darauf, kommt noch mit einer neuen Frage: «Warum haben Sie nicht wenigstens den Rollstuhl vom Steg heruntergeschoben? Auf den Uferweg?»

«Mein Freund interessierte sich für Wasservögel. Für Enten hauptsächlich. Er fütterte sie jedesmal, wenn wir dort waren. Er wollte auf dem Steg bleiben, um sie besser beobachten zu können.»

«Welcher Art war seine körperliche Behinderung?»

«Er war rechtsseitig gelähmt. Außerdem hatte er sich vor einigen Tagen die linke Hand verletzt.»

«Er konnte also beide Hände nicht gebrauchen? Konnte die Bremsvorrichtung des Rollstuhls nicht betätigen?»

«Sie lag links. Normalerweise konnte er es. An diesem Tage nicht, wegen der verletzten linken Hand. Das machte ich, wenn wir irgendwo stoppten.»

«War die Bremse ordnungsgemäß angezogen, als Sie ihn allein ließen?»

«Ich denke doch.»

«Wissen Sie es nicht genau?»

«Solche Handgriffe führt man automatisch aus, nicht bewußt. So wie die Gangschaltung beim Autofahren.»

«Aber Sie hätten sich in diesem Falle überzeugen müssen. Wo Sie den Rollstuhl auf einem Steg stehenließen.»

«Ich bin sicher, daß ich mich überzeugt habe.»

«Mit angezogener Bremse wäre der Stuhl nicht in den Teich gerollt.»

«Vielleicht hat sie sich gelockert.»

«Sie funktioniert einwandfrei. Ich habe es überprüft.»

«Sie klemmte etwas. Von einem Unfall.»

«Ja, das wissen wir schon von der Pflegerin.»

«Wäre die Bremse nicht angezogen gewesen, dann wäre der Stuhl doch schon ins Rollen gekommen, als ich noch daneben stand. Der Steg ist am Ende etwas abschüssig.»

«Das wußten Sie also?»

«Ja, deshalb muß ich die Bremse schon angezogen haben.»

Jagster macht sich Notizen. Ich erhebe mich halb, andeutend, daß ich jetzt das Gespräch aber wirklich beenden möchte. Aber er bleibt eisern sitzen.

«Eine weitere Frage: Nach welcher Seite war der Rollstuhl ausgerichtet, als Sie fortgingen?»

«Nach der Seite, wo der größere Teil des Teiches liegt. Wegen der Sicht auf die Enten.»

«Ja, das stimmt mit dem Auffindungsort überein. Der Rollstuhl lag unmittelbar vor dem Steg im Wasser. Der Tote darunter.»

«Das Wasser ist dort nicht tief. Normalerweise kann man an dieser Stelle gar nicht ertrinken. Und er war mal ein sehr guter Schwimmer.»

«Ja, das sagte die Frau auch, die ihn gefunden hat.»

«Kannte sie ihn denn?»

«Eine Frau Kliemkuster. Sagt Ihnen der Name was?»

«Ich bin einmal kurz mit ihr zusammengetroffen. Näher kenne ich sie nicht.»

Jagster klappt sein Notizbuch zu, steckt den Kugelschreiber ein und steht auf. Die Vernehmung ist beendet. War es eine Vernehmung oder doch nur ein Gespräch, das der Klärung des Sachverhalts diente?

Als ich allein bin, schreibe ich mir meine Antworten kurz auf, um mich bei möglichen weiteren Vernehmungen oder auch Gesprächen nicht in Widersprüche zu verwickeln. Während ich schreibe, geht mir eines nicht aus dem Kopf: Die Kliemkuster hat Viktor gefunden. Wahrscheinlich war sie uns wieder gefolgt. Hat sie uns die ganze Zeit beobachtet? Auch auf dem Steg?

Ich habe dem Herrn Jagster von der Kripo im übrigen nicht alles ganz präzise dargestellt. Dafür gibt es gute Gründe. Mein gebrochenes Verhältnis zu Viktor, sein Verbrechen an Renate, das er unmittelbar vor seinem Tode gestanden hat, nur mir gestanden hat, Renates Bedeutung für mich – konnte ich dies alles offenlegen, ohne in Verdacht zu geraten, ich hätte mich an Viktor gerächt? Für alles gerächt, was er mir angetan hat, ein langes Leben hindurch? Nein. Offiziell sind Viktor und ich Freunde gewesen. Nicht der Schimmer eines Verdachts, daß ich ihm etwas angetan haben könnte. Vielleicht eine kleine Nachlässigkeit, oder, besser noch, eine defekte Bremse. So soll dieser Herr Jagster von der Kripo es sehen, so und nicht anders! Und damit muß der Fall für ihn abgeschlossen sein. Nur ich habe mich damit auseinanderzusetzen, nicht nur heute und morgen, nein, bis ans Ende meiner Tage.

Ich lege mich aufs Sofa und schließe die Augen. Und ich spüre: Viktor ist für mich nicht tot. Er ist lebendig wie eh und je, spukt durch mein Hirn, schlägt um sich und gebraucht seine Ellenbogen. Ich öffne die Augen, starre auf einen Fleck an der Decke und beschließe, den toten Viktor anzuschauen, genau anzuschauen, um mir das Bild des toten Viktor einzuprägen, so fest, daß es den lebendigen Viktor zudeckt und er mir keinen Schaden mehr zufügen kann.

Der nächste Vormittag. Ich werde durch einen

Anruf aus dem Schlaf gerissen. Frau Kliemkuster möchte dringend mit mir sprechen. Am besten käme ich zu ihr, noch heute vormittag. Ich zögere, erkläre, daß ich noch gar nicht aufgestanden sei und bis Mittag zu schlafen gedächte. Ich sei erschöpft von den Aufregungen des gestrigen Tages, hätte heftige Herzbeschwerden gehabt. Sie läßt nicht locker. «Es ist in Ihrem Interesse, in Ihrem ureigensten Interesse, daß Sie mit mir sprechen.»

«Kann ich mir nicht vorstellen», sage ich, tue gleichgültig, bin aber doch äußerst gespannt, was sie mir mitteilen will. Es sei in meinem Interesse, sagt sie. Aber da ihr soviel daran liegt, wird es auch in ihrem Interesse sein.

Ihr Haus liegt dem Hause Viktors schräg gegenüber. Es ist nicht so ansehnlich, aber immerhin, die Kliemkuster besitzt ein Haus, noch dazu in einer guten Gegend. Ein schmaler Vorgarten, Betonplatten bis zum Eingang. Zwei Türschilder: Kliem-Kuster (mit Bindestrich!) unten, Trede oben.

Ich drücke nur kurz den Klingelknopf. Es wird sofort geöffnet. Frau Kliemkuster hat wohl schon hinter der Gardine Ausschau nach mir gehalten. Sie trägt doch tatsächlich Schwarz! Ich sehe sie etwas überrascht an.

«Sie sehen mich in Schwarz», sagt sie. «Viktor Wendlich stand mir näher, als es nach außen scheint. Deshalb traure ich um ihn wie um meinen verstorbenen Gatten.»

«Dann hatten Sie das schwarze Kleid von daher noch hängen?» Eine geschmacklose und etwas dümmliche Bemerkung. Kaum geäußert, möchte ich sie zurücknehmen.

Ich werde in ein reich ausgestattetes Zimmer geführt, blicke in die Runde. Teppiche, teils quer übereinander, Polstermöbel, Portieren, Bilder in Goldrahmen. Landschaften, ein Früchtekorb. In einer Vitrine Porzellan und Silber, dazwischen Nippesfiguren. Frau Kliemkuster läßt mir Zeit, genießt es, daß ich mich umschaue. «Wenn Sie das alles betrachten, werden Sie verstehen, daß ich es so erhalten möchte, wie es ist und wie es zu Zeiten meines Mannes war. Wir bewohnten damals allerdings das ganze Haus. Aber das ist jetzt schon 15 Jahre her.»

Ich bemühe mich, eine interessierte Miene aufzusetzen. Sie spricht offenbar gern von dem Haus und von ihren Dingen. «So ein Haus», erklärt sie, «verursacht hohe Kosten. Die Heizanlage mußte kürzlich erneuert werden, das Dach war zu reparieren, und zu allem kam die Forderung meiner Nichte, ihren Anteil an dem Haus an sie auszuzahlen. Ich hätte es verkaufen müssen, wenn Viktor mir nicht geholfen hätte. Von der Bank bekomme ich ein so hohes Darlehen nicht mehr, weil bereits Belastungen auf dem Haus liegen. Nichts ist so sicher, wie es nach außen erscheint.»

Ich nicke verständnisvoll und warte.

«Sie halten mich für geschwätzig und fragen

sich, wozu ich Ihnen das alles erzähle. Sie werden gleich sehen, warum ich es tue, und warum unser Gespräch keinen Aufschub duldet. Obwohl wir uns sonst sicher wenig zu sagen haben.»

Ich nicke zustimmend.

«Ich darf Sie zunächst fragen», fährt sie fort, «ob Sie dem Herrn von der Kriminalpolizei irgend etwas gesagt haben, was im Zusammenhang mit mir stünde.»

Ich schüttle den Kopf. Sie scheint zufrieden, reicht mir ein Schriftstück. Viktors Handschrift, aber eine Kopie, ein paar Zeilen aus einem größeren Zusammenhang. Der Text lautet: ‹... Außerdem verfüge ich, daß im Falle meines Todes das Darlehen in Höhe von 120 000,– DM, das ich Frau Hildegard Kliem-Kuster gewährt habe, nicht zurückgezahlt werden soll. Die Schuld ist ihr in diesem Fall erlassen.›

Offenbar eine Passage aus Viktors Testament. Ich reiche ihr das Blatt zurück. «Ja, da gratuliere ich. Dies Geschenk hat sich mit dem gestrigen Tage realisiert.»

«Wenn er sein Testament nicht doch noch zu meinem Nachteil geändert hat. Unser Verhältnis hatte sich in der letzten Zeit verschlechtert. Das wissen Sie, und Martha ebenfalls, und Frau Mumm hat es wohl auch mitbekommen.»

«Wenn er den Text seines Testaments noch nicht geändert hat, es aber vielleicht vorhatte, dann kam sein Tod für Sie gerade rechtzeitig. Entschuldigen Sie, aber so ist es doch.»

«Ich fürchte eher, er hat es geändert. Denn er hat seinen Tod vorausgeahnt. Wenn man jemandem nahesteht, spürt man das, als Frau.»

«Als Mann dann wohl nicht. Nach meinem Gefühl war er auf unserer letzten Spazierfahrt wie sonst. Auch als ich mich von ihm verabschiedete ...»

«Verabschieden kann man da wohl nicht sagen. Sie haben den armen Mann angeschrien. ‹Du Mörder!› haben Sie gerufen, und dann sind Sie weggerannt wie ein Besessener.»

Ich bin nun doch erschrocken. Sie hat alles verfolgt, was sich abspielte. War mal wieder heimlich hinter uns.

«Ich bin nicht gerannt», sage ich, «sondern ich bin eilig gegangen, vielleicht auch ein paar Schritte gelaufen. Ich hatte heftige Angina-pectoris-Beschwerden. Mußte so schnell wie möglich nach Haus, um meine Medikamente zu nehmen.»

«Wer solche Beschwerden hat, kann so schnell nicht laufen. Ich kenne das. Mein Mann ist an Infarkt gestorben.»

«Dann äußerte es sich bei mir anders. Außerdem habe ich natürlich nicht das gerufen, was Sie aus der Entfernung verstanden haben wollen. Weshalb sollte ich ihn als Mörder bezeichnen? Wir sind ... wir waren alte Freunde.»

Sie lacht spitz. «Alte Freunde? Da war keine Sympathie zwischen Ihnen und Viktor. Schon als ich Sie zum erstenmal traf, habe ich das bemerkt.»

«Sie als Frau spüren so was. Ich weiß. Aber dafür spüren Sie keinerlei Scham, daß Sie uns heimlich gefolgt sind, und das nicht nur einmal.»

«Ich bin Ihnen nicht gefolgt, sondern ich bin es gewohnt, meinen Spaziergang zur selben Zeit zu machen wie Viktor. Das ist eine öffentliche Anlage, jeder kann dort jederzeit spazierengehen.»

«Sie haben also beobachtet, wie ich Viktor auf dem Steg allein ließ. Dann sind Sie etwa auch Zeugin des Unglücks gewesen?»

Sie zückt ihr Taschentuch und betupft ihre Augen. Tränen kann ich darin allerdings nicht feststellen. «Ja ... ich habe es mit ansehen müssen ... und konnte doch nicht helfen. Kurz nachdem Sie weg waren, setzte sich der Rollstuhl in Bewegung und kippte ins Wasser. Ich dachte, ich träumte. Es war so ... so ungeheuerlich ... irgendwie gar nicht wirklich. Als ich heran war, rührte sich nichts mehr. Ein Rad, ein kleines Stück davon, war noch zu sehen. Und die Enten schwammen drumherum ...» Ihr versagt die Stimme, und sie vergießt nun doch ein paar Tränen.

«Und helfen konnten Sie nicht?»

«Wie denn? Ich bin kein junges Mädchen mehr. Schwimmen konnte ich nie. Was sollte ich denn tun? Er lag unter dem Rollstuhl, wie sich später herausstellte.»

«Und dann sind Sie wahrscheinlich ins Altenheim gegangen und haben den Unfall gemeldet, und die Leute dort haben das weitere veranlaßt, Feuerwehr, Polizei, Notarzt ...»

«Ich war wie gelähmt. Es dauerte einige Zeit, ehe ich das Altenheim erreicht hatte.» Sie putzt sich umständlich die Nase.

Wir schweigen eine Weile, sehen aneinander vorbei. Dann sage ich: «Ich hatte angenommen, daß außer mir niemand in der Nähe war.»

«Aber Sie wußten doch, daß ich im Park war. Sie haben mich doch gesehen und mir sogar zugewinkt. Wenn das auch wohl eher Spott als Freundlichkeit war.»

«Da haben Sie sich geirrt. Ich habe Ihnen weder zugewinkt noch Sie überhaupt gesehen.»

Sie schaut betroffen. «Dann hätte ich Ihnen das alles gar nicht zu erzählen brauchen? Sie haben mich wirklich nicht bemerkt?»

«Ist das so wichtig? Daß Sie Zeugin des Unglücks waren, hätte ich früher oder später ja doch erfahren. Ich nehme an, daß Sie es dem Beamten gesagt haben.»

«Eben nicht. Das ist es ja. Das ist der Grund, weshalb wir dringend miteinander sprechen müssen. Aber wenn ich gewußt hätte, daß Sie mich gar nicht gesehen haben, bevor das Unglück geschah ... Wenn das wirklich stimmt ...»

«Dann hätten Sie mir auch nicht gesagt, daß Sie Zeugin waren. Aber jetzt weiß ich es. Die Frage ist, ob Sie es der Polizei nicht doch sagen sollten.»

Sie sieht mich plötzlich mit ganz anderen Augen an. Wir sind keine Gegner mehr, sondern eher Komplizen. «Seien Sie nicht naiv», sagt sie. «Bedenken Sie doch: Ich habe bei der ersten Vernehmung das Entscheidende verschwiegen: daß ich Zeugin des Geschehens war. Ich war die erste am Unfallort. Ich habe keine Hilfe geleistet. Daß ich es gar nicht konnte, ist eine zweite Sache. Dann, naja, meine Eifersucht, nennen wir es so. Und schließlich der testamentarisch verfügte Verzicht auf die Rückzahlung des Darlehens im Todesfall, den Viktor jederzeit zurücknehmen konnte, gerade weil unser Verhältnis in eine Krise geraten war. Das alles könnte die Kriminalpolizei auf Gedanken bringen, die zwar völlig abwegig sind, aber für ein Polizistenhirn naheliegend.» Sie spricht jetzt nicht nur anders, sie beugt sich auch vertrauensvoll zu mir herüber. «Sie haben doch auch nicht alles so angegeben, wie es sich zugetragen hat, Herr Löhner. Da bin ich sicher.»

«Und was sollte ich anders dargestellt haben?»

«Daß Sie gar kein freundschaftliches Verhältnis zu Viktor hatten, daß Sie ihn trotzdem spazierengefahren haben. Warum? Daß Sie Streit auf dem Steg hatten und ihn Mörder geschimpft haben. Daß Sie weggerannt sind, ganz und gar nicht wie einer, der unter Herzbeschwerden leidet …»

«Aber als das Unglück geschah, war ich fort. Das können Sie bezeugen.»

«Und wenn Sie die Bremse vorher gelöst hätten? Viktor konnte sie selber nicht bedienen, weil seine linke Hand verletzt war.»

Das ist deutlich! Sie wirft mir einen Mord vor. Erwägt zumindest die Möglichkeit. Natürlich habe ich die Bremse nicht gelöst, bevor ich fortlief. Ich suche nach Worten, meine Schuldlosigkeit zu beteuern.

Die Kliemkuster bietet mir, überlegen lächelnd, aus einer Porzellanbonboniere Schokoladenkekse an, und ich nehme einen. Ich nehme einen Schokoladenkeks, obwohl sie mich doch gerade eines Mordes verdächtigt hat! Und sie bietet mir im gleichen Atemzug einen Keks an! Wer so reagiert, der kann es wahrlich auch selbst getan haben.

«Ich mache Ihnen einen Vorschlag», sagt sie. «Wir stimmen unsere Aussagen aufeinander ab. Sie vergessen alles, was ich Ihnen heute dummerweise gesagt habe. Aber ich hatte wirklich angenommen ...»

Ich schüttle den Kopf. Ich habe sie tatsächlich nicht gesehen.

Sie fährt fort, jetzt fast geschäftsmäßig: «Nichts also davon, daß ich Viktor und Ihnen je nachgegangen bin. Nichts davon, daß ich Ihnen gesagt habe, ich hätte das Unglück mit angesehen. Nichts von dem Passus in Viktors Testament und nichts von der Verschlechterung meines Verhältnisses zu ihm.»

«Gut, das hätte ich zu leisten. Und Ihre Gegenleistung?»

«Ich sage nichts von dem recht zwiespältigen Verhältnis zwischen Ihnen und Viktor, nichts von dem Streit auf dem Steg, nichts von Ihren Mörder-Rufen und nichts von dem Tempo, mit dem Sie verschwunden sind.»

«Das können Sie schon deshalb nicht angeben, weil Sie verschweigen wollen, daß Sie Zeugin waren. Das ist also keine echte Gegenleistung.»

Sie überhört diesen Einwand. Nickt langsam und nachdrücklich. «Sie sehen, wir ergänzen uns.»

Viktor hat dieser Frau 120 000 DM vermacht. Obwohl er sie doch gar nicht sonderlich mochte, vor allem zuletzt nicht mehr. Ist einmal mehr zwischen den beiden gewesen? Vor Viktors Schlaganfall? Oder waren seine körperlichen Bedürfnisse auch danach noch lebendig? 120 000 DM sind kein Pappenstiel. So ohne weiteres vermacht man sie niemandem.

Für Viktor war dieser Betrag wohl nur ein relativ kleiner Teil seines Gesamtvermögens. Ich habe es in meinem Leben nicht annähernd geschafft, soviel Geld zusammenzusparen. 120 000 DM! Erbschaftssteuern gehen allerdings noch davon ab. Wenn Viktor mir einen solchen Betrag vermacht hätte! Aber in was für Gedanken versteige ich mich da! Selbst wenn er mir etwas vermacht hätte, wie könnte ich es annehmen! Der Kliemkuster traue ich es zu, daß sie die 120 000 DM einstreicht, selbst wenn sie ihn auf dem Gewissen hätte. Sie würde die beiden Dinge auseinanderdividieren, wenn sie noch so eng zusammenhingen, vielleicht sogar ursächlich. Sie würde sie auseinanderdividieren. Frauen können so was. Sie haben nicht nur ein besonders feines Empfinden, sondern auch eine eigene Art des Denkens, nicht logisch folgernd, sondern in Kreisen sich drehend, in Kreisen, die sich nicht berühren, wenn sie sich nicht berühren sollen.

Vierter Gang zum Ententeich

Die Kliemkuster, meine Mitverschworene – hat sie Viktor auf dem Gewissen? Oder ist der Gedanke absurd? Jedenfalls läßt er mich nicht los. Einen geplanten Mord traue ich ihr nicht zu, aber sie könnte eine Gelegenheit genutzt haben, die sich ihr plötzlich bot. Wo hatte sie sich versteckt, als ich Viktor auf dem Steg zurückließ? Wie lange brauchte sie, um hinzugelangen? Ich muß mir die örtlichen Gegebenheiten daraufhin ansehen und beschließe, den gewohnten Gang zum Ententeich noch einmal allein zu machen. Allein und zum letztenmal.

Ein klarer Tag. Es hat morgens geregnet, die Wege sind mal wieder aufgeweicht. Meine Sohlen sinken ein, ich hinterlasse deutliche Spuren. Vor mir der Pavillon. Ich weiche einer Pfütze aus. Mit Viktors Rollstuhl hätte ich hindurch müssen. ‹Es ist heute schwer für dich›, hätte Viktor gesagt. ‹Im Pavillon kannst du dich ausruhen.› Ich beiße die Zähne zusammen, er hätte es nicht gemerkt, daß ich tatsächlich erschöpft bin.

Der Pavillon, die Rundbank, ich atme tief durch, schaue um mich. Das Gebälk, der Teich, die Enten in der Ferne. Ich denke an Viktors Plastik-Ente, trete an die Brüstung, spüre ein drängendes

Bedürfnis, steige auf die Bank. Trübe rinnt es in den Teich.

Ich ignoriere die Schautafel. Es ist mir egal, was für Entensorten hier vertreten sind, wie sich die Männchen von den Weibchen unterscheiden, wie groß die Eier sind und von welcher Farbe. Hat Viktor sich wirklich dafür interessiert? Nahm sein körperlicher Zustand ihn nicht viel zu sehr in Anspruch? Sein Zustand, der immer erbärmlicher wurde. Darm und Blase nicht mehr kontrollierbar! Die Mumm setzte ihn auf den Topf, oder er machte sich voll. Das ist kein Leben, mit dem ein Mann wie Viktor sich abfindet. Er befreit sich, früher oder später, so oder so.

Zum Steg müßte ich jetzt gehen. Aber ich komme an der Anhöhe nicht vorbei. Ich komme nicht um sie herum. Hinauf also! Der Schlachthof in der Ferne. Blut und Kot, das Angstgebrüll des Viehs. Nichts zu hören heute, nichts zu riechen. Der Wind steht günstig. Keine Erinnerung an Renate. Ohnehin nicht in diesem Zusammenhang!

Das Gymnasium. Der Sportplatz seitwärts davon. Viktor fegt über die Laufbahn. Hundert Meter in ich weiß nicht wieviel Sekunden. Eigentlich war er ja Schwimmer. Da lagen seine herausragenden Leistungen, aber er war auch ein sehr guter Leichtathlet, der beste in seiner Altersstufe. Das brauchte er nicht zu beweisen. Jeder wußte es.

Das Sportfest, als wir sechzehn waren. Dreikampf: Kugelstoßen, Weitsprung und Laufen. Viktor stieß die Kugel, daß die Leute mit dem Maßband erschrocken zur Seite sprangen, so weit flog das eiserne Geschoß. Weitsprung, weiter als je zuvor. Aber beim dritten Sprung passierte es: Viktor verstauchte sich den Fuß. Es war nicht schlimm, er hinkte kaum, aber jetzt sollte noch der 100-Meter-Lauf folgen, und es kam Viktor nicht darauf an, ihn einfach nur zu absolvieren, sondern er wollte der Schnellste sein, die Punktzahl erreichen, die allen bewies, daß er der Beste in seiner Altersklasse war.

Heiner Jeve, jener Heiner Jeve, der mehr war als sein Freund, war krankgeschrieben und für das sogenannte Rechenzentrum eingeteilt. Für jeden Wettkämpfer gab es eine Karte. Die erzielten Leistungen wurden in Punkte umgerechnet, soweit ich mich erinnere. Mich hat das nie interessiert. Meine Leistungen waren mittelmäßig und somit völlig ohne Belang. An diesem Tag nun sah es so aus, als müßte Viktor auf seinen Triumph verzichten, als Bester seines Jahrgangs nach vorn gerufen zu werden. Er war die einhundert Meter nicht mehr gelaufen. Als aber die Siegerehrung kam, wurde er dann doch wie gewohnt nach vorn gerufen, als Bester seines Jahrgangs.

Spielte es denn gar keine Rolle, daß er den Wettkampf nicht zu Ende gebracht hatte? Doch, es hätte sogar eine entscheidende Rolle gespielt, aber Heiner Jeve hatte im Rechenzentrum auf Viktors Karte die Zeit eingetragen, die er theoretisch hätte laufen können. «Was ist denn dabei», sagte Viktor später zu mir. «Ich bringe die Leistung doch. Nur heute kam der verstauchte Fuß dazwischen.» Und er lächelte seinem Freund Heiner Jeve dankbar zu, und dieser lächelte zurück, und sie waren ein Herz und eine Seele. Und Heiner Jeve warf mir einen Blick zu, der nichts anderes besagte als ‹Verpiß dich!›.

Es war nicht in Ordnung, was die beiden getan hatten. Der Jahrgangszweite, der ewige Zweite, hätte an diesem Tag Erster werden können. Er merkte, daß falsch gespielt worden war, sagte aber nichts, wollte nicht als Petzer dastehen. Ich kann nicht behaupten, daß ich über Viktors Betrug wirklich empört war. Aber es ließ sich moralisch rechtfertigen, daß ich seinen Verstoß nicht für mich behielt, und dafür sorgte, daß er sich herumsprach. Schließlich geriet die Kunde davon an einen Sportlehrer, und für Viktor ergaben sich üble Konsequenzen. Die Ehre, der Beste seines Jahrgangs zu sein, wurde ihm aberkannt, im Zeugnis erhielt er nicht seine gewohnte Eins in Leibesübungen. Dazu wäre er wohl mit einer harten Strafe belegt worden, wenn er sich nicht darauf hinausgeredet hätte, daß die Eintragung seiner angeblichen Laufleistung ohne sein Zutun und wohl aus Versehen erfolgt sei. Seine Missetat bestehe also nur darin, geschwiegen zu haben, als er zum Jahrgangssieger erklärt worden sei. Da habe es ihm vor Überraschung die Sprache verschlagen.

Auch Heiner Jeve, der ein schlaues und durchtriebenes Bürschchen war, konnte seinen Hals aus der Schlinge ziehen. Der aufsichtführende Lehrer im Rechenzentrum hatte nichts bemerkt, hätte es aber bemerken müssen, hatte die Kontrolle versäumt, kurz, es ging auch für Heiner Jeve glimpflich aus.

Nachträglich tat es mir dann leid, daß ich Viktors Betrug ausgeplaudert hatte. Und wenn Heiner Jeve ihn nicht so penetrant mit Beschlag belegt hätte, wäre es auch nie dazu gekommen.

«Du hast die Fresse nicht gehalten», sagte Viktor am nächsten Tag zu mir. «Typisch für dich.» Er wandte sich ab, und ich litt tagelang, weil er mich links liegen ließ und weil Heiner Jeve jedem, der es hören oder nicht hören wollte, meine Niedertracht schilderte und jedesmal, wenn er an mir vorüberging, so tat, als wollte er vor mir ausspucken.

Dann, völlig überraschend, nahm Viktor mich beiseite und drückte mir «Winnetou III» in die Hand. «Du wolltest es doch lesen. Ich habe es zweimal geschenkt bekommen. Du kannst eines haben.»

Ich war so betroffen, daß ich mich kaum bedanken konnte. «Nach alledem?» wandte ich betreten ein.

«Vergeben und vergessen. Schließlich kenne ich dich ja.»

Ich nahm den Band. Ich hätte ihn nicht nehmen dürfen, aber ich tat es, und als er zu Hause vor mir auf dem Tisch lag, ließ ich den Kopf darauf sinken und weinte laut und unbeherrscht eine ganze Zeit lang.

Noch lange danach wagte ich nicht, Viktor ins Gesicht zu sehen. Ich schämte mich, und Viktor genoß es, daß ich mich schämte. Ja, er genoß es, denn er hatte mich beschämen wollen. Ich merkte, daß er mir nicht Großmut beweisen, sondern mich demütigen wollte, nichts weiter. Ich hatte in seinem Schatten zu stehen, und ich fügte mich darein.

Viktor hat der Kliemkuster 120 000 DM vermacht. Hege ich die stille Hoffnung, daß er auch mich bedacht hat? Sollte ich nicht lieber hoffen, er hätte es nicht getan? Hätte er es nicht wieder nur getan, um mich zu beschämen?

Zögernden Schrittes gehe ich hinunter zum Steg, schaue um mich. Wo könnte die Kliemkuster sich versteckt gehalten haben? Von wo aus konnte sie den Steg bis zum Ende überblicken? Von diesem Gebüsch aus oder von dem anderen dort? Der Baum dahinter war zu dünn, um ihre Körperlichkeit zu verbergen. Sie hat gesehen, wie ich fortging. ‹Langsam fortging, die Hände auf die Brust gepreßt›, möchte ich gern sagen können. Ich kann es, wenn die Kliemkuster abredegemäß den Mund hält. Wie schnell ich gelaufen bin, ich weiß es wirklich nicht mehr. Aber umgesehen, umgesehen habe ich mich nicht. Und als ich fortlief oder -ging, stand der Rollstuhl noch auf seinem Platz. Das könnte die Kliemkuster zur Not bezeugen.

Als ich fort war, hätte sie gleich zum Steg laufen können. Aber warum hätte sie es tun sollen? Sie hielt sich ja vor Viktor versteckt. Also wird sie weiter in ihrem Versteck gelauert haben. Und dann hat sie gesehen, wie Viktors Gefährt ins Rollen kam und in den Teich kippte. Jetzt ist sie natürlich hingelaufen, konnte aber nicht mehr helfen. Was sollte sie tun? Ins Wasser springen, obwohl sie nicht wußte, wie tief es war? Ohne daß sie schwimmen konnte und bei der relativ kalten Witterung? Sie war nicht mehr die Jüngste. Niemand konnte das erwarten.

Aber könnte es nicht auch ganz anders gewesen sein? Sie sah, daß ich den Rollstuhl auf dem Steg stehengelassen hatte. Sie wußte, daß Viktor die Bremse nicht bedienen konnte. Niemand war in der Nähe. Was hinderte sie daran, von hinten an den Rollstuhl heranzutreten, die Bremse mit einem schnellen Griff zu lösen und dem Rollstuhl einen kleinen Stoß zu geben? Ein kleiner Schubs, und 120 000 Mark waren gewonnen, und ein alter, halbseitig gelähmter Mann, der Blase und Darm nicht mehr beherrschen konnte, war erlöst. Ein Akt der Liebe, genaugenommen.

Während ich auf dem Steg stehe und über das Wasser schaue, nähert sich eine Schar Kinder. Kindern soll man aus dem Wege gehen, wenn sie in Gruppen auftreten. Sie sind nicht zu berechnen, besonders, wenn sie auf einzelne Spaziergänger treffen, die schon ein wenig gebrechlich wirken. Hier aber ist eine Aufsicht dabei. Die Person aus dem Kinderheim, ich erkenne sie, wir sind uns bei Viktor begegnet. Sind auch die beiden niedlichen Kleinen dabei, die angehalten waren, Viktor auf die Wange zu küssen? Die Kinder streben zum Steg hin, zu der Stätte, an der sich ihr Wohltäter vom Leben verabschiedet hat. Das Testament ist noch nicht eröffnet. Aber sie wissen, womit sie rechnen können.

Die Gruppe verharrt am Fuße des Stegs. Die Aufsichtsperson blickt prüfend zu mir herüber, die Kleinen, auch ein paar Größere dabei, rükken zusammen und schauen teils auf sie, teils auf mich. Zwei lange, dünne Mädchen kommen über den Steg zu mir her, schauen mich an, fragen, ob ich der Mann sei, der öfter mit Herrn Wendlich ausgefahren sei, auch am letzten Tag. Ich nicke. Die beiden melden es den anderen. Diese setzen sich in Bewegung, nähern sich, umringen mich, die hinteren drängen nach vorn, unerbittlich. Ich halte hilfesuchend Ausschau nach der Aufsichtsperson. Sie steht noch am Fuße des Stegs. Die Kinder wenden mir ihre Gesichter zu, drohende, bleiche Gesichter, große Augen voll stillen Vorwurfs. Zumindest scheint es mir so. Hände strekken sich aus, berühren mich. Ich weiche einen Schritt zurück, gerate fast an den Rand des Steges, sehe mich schon ins Wasser gedrängt. Die Kinder still und verbissen. Kein Schrei, kein Laut. Ich öffne den Mund, um meinerseits zu schreien.

Um den Kindern Furcht einzujagen, um sie wegzuscheuchen. Aber mir versagt die Stimme. Den Mund offen, bringe ich keinen Laut heraus. Umringt von den Kindern, empfinde ich eine dumpfe Furcht. Der scharfe Ruf der Aufsichtsperson erlöst mich. Die Kinder weichen zurück, zögernd, wie Schakale, die ihre Beute im Stich lassen müssen. Ich atme einige Male tief durch. Soll ich mich bei der Aufsichtsperson über die Kinder beschweren? Genaugenommen haben sie mir nichts getan. Sie sind nur auf den Steg gelaufen, und ich stand mitten unter ihnen. Die Aufsichtsperson mustert mich streng.

«Traurig», sage ich, «einen Freund auf diese Art zu verlieren.»

«Wir kommen täglich her», sagt die Person, «die Kinder bringen Blumen. Er war sehr freundlich zu uns.»

Ich suche das Weite, schaue mich noch einmal um. Die Kinder werfen tatsächlich etwas ins Wasser. Blumen, Blumen für Viktor!

Der Leichenbestatter Bielmann ruft mich an, richtet mir im Auftrag Marthas aus, daß ich von meinem toten Freund Abschied nehmen könne und zu diesem Zwecke nachmittags bis 17 Uhr in sein Institut kommen müsse. Ich bin entschlossen hinzugehen, Abschied von Viktor zu nehmen, Abschied von dem Schatten, den er auf mein Leben geworfen hat.

Viktor im Sarg! Streng und ernst, als ob er die Rolle eines Toten zu spielen hätte. Kerzen zu beiden Seiten, die Umgebung versinkt im Halbdunkel. Viktor im Sarg, die Hände zusammengelegt, wächsern das Gesicht. Fremd sieht er aus. Ich zwinge mich, ihn anzusehen, trete näher. So will ich ihn in Erinnerung behalten, steif und tot, ausgeschieden aus meinem Dasein.

Ich schaue ihm ins Gesicht. Nah ist er und doch unerreichbar. Preisgegeben, doch unberührbar. Er ist zugegen und hat sich doch ins Nichts verflüchtigt. Denn das, was da im Sarge liegt, ist nicht er, das ist nur ein toter Körper. Viktors Körper zwar, aber er hat keinen Anteil mehr daran, auch wenn ihm sein Körper stets viel bedeutet hat. Ich fühle mich alleingelassen. Freiheit kann Leere sein. Zu meinem Ärger merke ich, daß meine Augen feucht werden.

Ich trete etwas zur Seite, verfolge die Linien seines Profils. Der Schattenriß kommt dem früheren Bild nahe. Da sind sogar noch Spuren von dem Viktor unserer Jugendzeit. Die kühn gebogene Nase, das etwas zurückfliehende Kinn. Das Haar, dünn zwar in letzter Zeit, aber geschickt nach vorn gekämmt. Man hat ihn wohl ein bißchen zurechtgemacht, mit ein bißchen Haarspray, ein bißchen Schminke.

Ich sehe ihm ins Gesicht, nun schon fast ohne Scheu. Doch da, ein eisiger Schreck durchfährt mich! Mir ist, als zuckten seine Lider, als verzögen sich seine Mundwinkel zu einem leisen Lächeln. Es sind wohl die Kerzen, die im Luftzug flackern. Aber ich lächle zurück. Wir lächeln uns an, wir verstehen uns, wir wissen, was wir voneinander zu halten haben. ‹Alfi, armes Schwein›, höre ich ihn sagen. Ich möchte ihn auf die Wange küssen, so wie ich es einmal als Junge getan habe, im Überschwang der Gefühle nach einem sportlichen Erfolg. ‹Große Klasse, die hundert Meter Freistil in *der* Zeit!› Er noch außer Atem, sein Brustkasten hob und senkte sich. Braun und glatt sein Körper, schmal die Hüften, lang und kräftig die Beine. Ja, das war schon was! Alle sahen ihn an. Alle lobten seine Leistung und meinten doch ihn selber. Ja, ihn so im Gedächtnis behalten können!

Und die leblose Gestalt da vor mir unter dem Deckbett? Das ist der Viktor, der auf mir lastete, der mich erdrückte, der mich in den Schatten gedrängt hat. Aber war es nicht gerade der junge, der strahlende Viktor, für den das galt? Ich muß trennen, was nicht zu trennen ist. Gleich, was Viktor in mir aufgerührt hat, Liebe, Haß oder was auch immer, es waren starke Gefühle. Viktor, mein Freund, der doch mein Feind war, weil er mich in seinen Schatten zwang. Aber der Schatten gab mir Orientierung. Ich wollte hinaus und hatte damit ein Ziel. Ist das Ziel erreicht, schießt der Läufer ins Sinnlos-Leere. Viktor gehörte zu meinem Leben, zu mir.

Heiner Jeve hat ihn bekommen. Viktors Mund verzieht sich zu einem hämischen Grinsen. Die Kerzen flackern. Kein hämisches Grinsen, ich muß mich korrigieren, eher wirkt es obszön. Ein obszönes Grinsen, selbst hier noch, wo Ernst und Besinnung am Platze wären. Viktor hat sich an Martha vergangen. Und er hat Renate gemordet. Viktor ist ein Verbrecher, er ist mein Freund und ein Verbrecher.

Ich nehme Abschied. Ein letzter Blick, tränenverschleiert. Jetzt sieht er doch irgendwie zufrieden aus. Wer immer ihn getötet hat, er braucht keine Gewissensbisse zu haben.

Jemand steht hinter mir. Martha. «Es geht Ihnen nahe. Trotz allem, was er Ihnen angetan hat, und meiner Mutter.»

«Und Ihnen, als Sie noch ein Kind waren», ergänze ich, muß mich räuspern, kann kaum sprechen.

«Ich habe meinen Frieden mit ihm gemacht.»

«Dann können Sie auch mir verzeihen. Ich habe sie einmal sehr enttäuscht. Sie brauchten meine Hilfe, und ich habe sie Ihnen versagt.»

«Sie haben mich damals nicht verstanden.»

«Nicht verstehen wollen. Ich hatte nicht die Kraft, mich gegen Viktor zu stellen. Es ist dreißig Jahre her. Trotzdem bitte ich Sie heute um Verzeihung.»

«Vergeben und vergessen, wie er immer sagte.»

Wir sehen auf den toten Viktor. Sein Gesicht wirkt jetzt wie aus Holz. Kein Mienenspiel, kein Zucken der Lider oder der Mundwinkel mehr, auch nicht im flackernden Licht der Kerzen oder in meiner Einbildung. Viktor hat sich endgültig zurückgezogen.

Auch Frau Mumm ist gekommen. Sie sitzt ganz hinten im Halbdunkel, ein Taschentuch in der Hand.

Ich öffne die Tür ins Freie, sehe mich nicht mehr nach Viktor um, meine aber beim Hinausgehen seinen Blick im Nacken zu spüren. Natürlich, Viktor ist tot. Oder lebt er in mir?

Frau Mumm benutzt die Gelegenheit, den Abschied ebenfalls zu beenden. Wir gehen ein Stück nebeneinander her.

«Es hätte nicht sein müssen», sagt sie mit deutlichem Vorwurf.

«Ich mußte ihn auf dem Steg alleinlassen. Es ging nicht anders.»

«Warum haben Sie nicht Bescheid gesagt? Im Altenheim?»

«Ich habe Sie gleich anzurufen versucht, als ich zu Haus war. Sie haben nicht abgehoben.»

«Ich war nur kurz zur Apotheke. Dabei brauchte er schon gar nichts mehr. Wenn ich geahnt hätte, daß er da ganz allein am Teich sitzt ... Denken Sie mal: Er war ganz allein zuletzt.»

«Lag er Ihnen so sehr am Herzen? Bisher hatte ich den Eindruck nicht.»

«Ich tue meine Pflicht. Auch wenn dem Patienten nicht alles gefällt.»

Die Insassen des Kinderheims ziehen an uns vorüber. Alle mit einem Blumensträußchen in der Hand. Die Aufsichtsperson geht hinten, so daß sie den Zug überwachen kann.

«Die wissen, was sich gehört», sagt die Mumm.

Einige Kinder schauen ängstlich. Sie sollen wohl zum erstenmal einen Toten sehen. Ein kleines Mädchen läuft zu uns herüber, will der Mumm ihren Blumenstrauß geben. Sie wehrt erschrokken ab. Die Aufsichtsperson faßt das Kind am Arm und stößt es grob zurück in die Reihe. Ich sehe die Mumm an. «Na ja», sagt sie.

Ich benutze die erste Gelegenheit, sie loszuwerden. Biege in ein Restaurant ab, erkläre, eine Tasse Kaffee trinken zu wollen, lade sie nicht etwa ein. Sie nickt mir kurz zu. Wir geben uns nicht die Hand.

Ich bestelle statt des Kaffees eine Karaffe Wein, Rotwein, keinen billigen, zur Feier des Tages sozusagen, zum Tag meiner Befreiung. Viktor hätte mich natürlich eingeladen, wie üblich. Wohl nicht, um mich zu beschämen, aber um sich in der Rolle des Spenders zu sehen. Ich denke an sein Testament. Der Mumm wird er sicherlich nichts hinterlassen. Vielleicht, wenn sie ihn nicht bestohlen hätte, wenn sie Renates Ring nicht genommen hätte. Viktor wollte mir ihn vor ein paar Tagen noch schenken. Ich hätte ihn nehmen sollen.

Ich trinke schneller, als es dem guten Tropfen eigentlich zukäme. Die Mumm wird nichts erben. Aber sie wird erleichtert sein, daß Viktor tot ist. Nun weiß nur noch Martha von ihrem Vergehen, von dem Diebstahl, der ein Diebstahl bleibt, auch wenn sie alles wieder herausrücken mußte.

Ich gieße den Rest des Weins ins Glas und leere es, bestelle eine weitere Karaffe, spüre eine starke Eßlust, lasse mir die Karte geben. Die Küche ist ab 18 Uhr geöffnet, ich kann schon jetzt bestellen. Ich beschließe, großzügig zu sein, einmal großzügig gegen mich selber, bestelle ein ganzes Menü.

Der Mumm konnte nichts daran liegen, daß Viktor noch lange lebte. Ihr Mitgefühl für Viktor, für seinen einsamen Tod – Heuchelei, nichts weiter. Wenn sie Viktor allein auf dem Steg angetroffen hätte, wäre es nicht verlockend für sie gewesen, dem Rollstuhl den entscheidenden kleinen Stoß zu geben? Oder die Bremse mit einer leichten Handbewegung zu lösen?

Die Suppe wird serviert. Eine Rübensuppe mit Aaleinlage. Etwas Besonderes, man muß sich daran gewöhnen. Ich löffle die Suppe im Bewußtsein, daß ich mir dies Essen etwas kosten lasse, daß es ein Essen zu besonderem Anlaß ist.

Das Hauptgericht: Ein Steak mit verschiedenen Beilagen, hübsch und phantasievoll angerichtet. Das Fleisch noch blutig. Ich hätte es ‹durch› oder zumindest ‹halbdurch› bestellen sollen. Zögernd schneide ich ein mundgerechtes Stück heraus, schneide ins rohe Fleisch. Mir kommen vergangene Zeiten in den Sinn: der Schlachthof, die langen Reihen der Tierleiber an den Haken, Blut und Wasser, reichlich Wasser zur Säuberung, es sprüht und spritzt, die Leiber bleich und blank, wie nackte Leiber unter der Gemeinschaftsdusche nach dem Sport. Viktor hat Spaß daran, sich zur Schau zu stellen, während wir anderen uns eher schamhaft zur Kachelwand drehen. Längst vorbei das alles. Jetzt sehe ich Viktor vor mir, wie er zwischen den Kerzen liegt, auch wenn ich das Bild wegwischen möchte. Das Bild des toten Viktor, ich werde es nicht los. Ich kaue auf dem rohen Fleisch herum, es ist wie Gummi, scheint zu leben, ich fasse mir an die Gurgel, speie das Fleisch auf den Teller, springe auf, eile zur Toilette, beuge mich über das Waschbecken, schöpfe Wasser mit den Händen, tauche mein Gesicht hinein, sehe mich im Spiegel an: eingefallene Wangen, bleiche Haut, hohler Blick, schütteres, angegrautes Haar.

Ich suche den Weg zurück an meinen Tisch. Der Kellner zeigt Besorgnis. Ich setze mich an einen benachbarten Tisch, um das Steak, das blutige, nicht noch einmal sehen zu müssen, gebe dem Kellner ein paar Erklärungen: Nein, nichts Ernstes, nur ein plötzliches Unwohlsein, und bitte die Rechnung, schnell. Er ist großzügig, das Dessert war noch nicht angerichtet, er stellt es nicht in Rechnung. Ich reiche ihm einen 100-Mark-Schein, stecke das Wechselgeld ein, ohne nachzuzählen, denke nicht an das Trinkgeld.

Das also war das Fest meiner Befreiung aus Viktors Schatten? Das soll es gewesen sein? Ich muß mich bemühen, ernsthaft bemühen, Viktors Schatten loszuwerden. Wie eine Krankheit, wie eine Behinderung muß ich diesen Schatten bekämpfen. Kein Gang also mehr an den Teich, niemals wieder in den Pavillon, niemals wieder auf die Anhöhe und niemals wieder, niemals, auf den Steg!

Fünfter Gang zum Ententeich

Der nächste Tag. Frühmorgens. Ich erhalte einen Anruf. Jagster, der Kriminalkommissar, will mit mir sprechen, noch einiges klären, möglichst umgehend, also heute noch. Ich versuche mich auf anderweitige Verpflichtungen hinauszureden, er drängt, ich gebe nach, spreche von schwierigen Absagen, die zu tätigen seien, er hört gar nicht hin, und ehe ich mich besinnc, habe ich eingewilligt: Heute um 16 Uhr stehe ich ihm zur Verfügung. Er will mich aufsuchen, denkt an einen kleinen Spaziergang mit mir. Spaziergang, das klingt recht beschaulich. Doppelte Vorsicht ist geboten.

Was will er noch wissen? Ich habe ihm alles gesagt, was ich ihm sagen will. Gut, daß ich es mir notiert habe. Ich überfliege es noch einmal. Inzwischen kann er mit der Kliemkuster, der Mumm und mit Martha gesprochen haben. Hat sich dadurch ein Widerspruch ergeben? Hat die Kliemkuster, wie abgemacht, den Mund gehalten? Hat Martha etwas verlauten lassen über mein wahres Verhältnis zu Viktor, so daß dem Herrn Jagster ein Verdacht kommen könnte? Der Verdacht, ich hätte möglicherweise, möglich ist manches, gar ein Mordmotiv? Ein Kriminalbeamter muß alles in Betracht ziehen, muß jedem Verdachtsmoment nachgehen und denkt in den Kategorien seines Metiers, wie könnte er anders. Erfolg haben heißt für ihn einen Täter überführen. Er wird also ständig auf der Suche sein, nach echten Tätern, aber auch nach potentiellen, die nur mit dem Gedanken gespielt haben, ein Verbrechen zu begehen. Ich muß mich wappnen für das Gespräch.

Was hat Martha ausgesagt, vor allem über mein Verhältnis zu Viktor, über das wahre Verhältnis? Wieviel hat Renate ihr erzählt, wieviel Viktor? Was habe ich selber ihr dazu gesagt? Jedenfalls weiß sie nicht, daß Viktor mir einen Mord gestanden hat, begangen an seiner Frau, an Renate, daß er mir den Mord gestanden hat kurz vor seinem letzten Augenblick.

Die Mumm hat über mein zwiespältiges Verhältnis zu Viktor wohl nichts gewußt. Höchstens, daß Viktor mal ein abwertendes Wort hat fallenlassen. Aber darauf läßt sich keine präzise Aussage gründen, nichts, das protokollarisch festgehalten werden könnte.

Ich muß mit Martha sprechen, bevor der Kommissar zu mir kommt. Es ist kurz vor Mittag. Ich rufe sie in ihrer Praxis an. Sie sei nicht abkömmlich, erklärt ihre Hilfe. Ich lasse nicht locker. Es gehe um die Beerdigung ihres Vaters. Das wirkt, Martha kommt an den Apparat, wir vereinbaren, daß wir zusammen in einem Restaurant zu Mittag essen wollen. Martha ißt dort täglich. Ihre

Freundin ist berufstätig, kommt wohl erst abends nach Haus, es geht mich nichts an, ich frage nicht danach. Das Restaurant liegt in der Nähe von Marthas Praxis, am anderen Ende der Stadt. Ich fahre mit dem Bus, muß umsteigen, es dauert länger, als ich gedacht habe, ich hätte ein Taxi nehmen sollen. Aber ich nehme nur in äußersten Notfällen ein Taxi, eigentlich nie, ich kann mich an keinen Notfall erinnern. Ein eigenes Auto leiste ich mir nicht. Was soll ich mit einem Auto mitten in der Stadt? Einmal hatte ich eines für mehrere Jahre, ein Auto, das meine Verhältnisse weit überstieg, mich zu einer Kreditaufnahme zwang. Ich wollte es mir damals nicht eingestehen, aber heute weiß ich, daß ich Viktor etwas beweisen wollte. Natürlich fuhr er ein größeres Auto, noch bis ganz zuletzt, bis er seinen Schlaganfall hatte. Aber sein Auto lief auf Geschäftskosten, er konnte Abschreibungen geltend machen. Mein Auto dagegen, da ich es nur privat nutzte ... Aber das alles steht im Moment überhaupt nicht zur Debatte. Nichts darf mich ablenken. Ich muß mich auf das Gespräch mit Jagster konzentrieren. Er sprach am Telefon von meiner Pflicht, seine Ermittlungen nach Kräften zu unterstützen. Kein vernünftiger Mensch wird sich dieser Pflicht widersetzen, es sei denn, er hätte etwas zu verbergen. Ich werde ihm Rede und Antwort stehen, aber Vorsicht ist am Platze.

Martha sitzt an einem Tisch am Fenster, winkt mir kurz zu, findet es nett von mir, daß ich an

Viktors Beerdigung so großen Anteil nehme. Ich wage nicht zuzugeben, daß ich meine Bemerkung vorhin am Telefon nur vorgeschoben hatte, um sie ans Telefon zu bringen. Wir sprechen also über die Beerdigung. Über die Predigt, den Blumenschmuck, die Grabstelle, den Stein, die Danksagungen, über alles mögliche, das mich im Augenblick gar nicht interessiert, außerdem bestens von Martha geregelt ist.

Dann geht es um das Essen. Ich merke, daß mir der Appetit schon wieder nachhaltig vergangen ist, denke an das mißglückte Festessen anläßlich der Befreiung aus Viktors Schatten. Mir steht der Sinn nicht nach Essen, ich bestelle nur eine Suppe, eine dünne Bouillonsuppe, deute einen verdorbenen Magen an.

Zum Thema Beerdigung ist alles gesagt. Martha schweigt, merkt wohl auch, daß es mir gar nicht so sehr darum geht. Ich erwähne kurz den für heute nachmittag anstehenden Besuch des Herrn Jagster von der Kriminalpolizei. Ja, er sei auch bei ihr gewesen. Aber was habe sie ihm schon sagen können? Ehe sie wieder auf die Beerdigung kommen kann, hake ich nach. Ob er nach dem Verhältnis zwischen ihrem Vater und mir gefragt habe. Ja, darum sei es hauptsächlich gegangen. Sie habe dazu nur wenig gesagt. Was solle sie auch dazu sagen? Daß unser Verhältnis zumindest am Schluß recht gut gewesen sei, hätten ja die gemeinsamen Spaziergänge gezeigt. Im übrigen sei es immer das beste, die Wahrheit zu sagen, dann ergäben sich keine Widersprüche. Daß die Freundschaft zwischen mir und ihrem Vater manchmal problematisch gewesen sei, wisse schließlich nicht nur sie, aber ihr Vater sei eben auch ein sehr schwieriger Mensch gewesen, habe nicht einmal zu ihr ein ungebrochenes Verhältnis gehabt. Mehr habe sie nicht gesagt, auch die Rivalität zwischen mir und ihrem Vater hinsichtlich ihrer Mutter nur kurz erwähnt. Ich könne ganz beruhigt sein.

Aber ich bin es nicht. Keineswegs. Ich weiß jetzt: Jagster hat einen Widerspruch aufgedeckt. Und Widersprüche erzeugen Verdacht. Habe ich doch nur von der guten Freundschaft zwischen mir und Viktor gesprochen. Was soll ich ihm nun sagen, was soll ich richtigstellen, wie weit soll ich gehen mit der Wahrheit? Ich darf ihn nicht mit seiner Spürnase direkt auf meine Fährte stoßen. Es gibt andere Fährten, wie ich meine. War die Kliemkuster wirklich nur unbeteiligte Zuschauerin? Was sie selber dazu sagt, ist nicht verläßlich. Keiner, der schuldig ist, äußert sich verläßlich. Und schließlich: Was ist mit der Mumm? Hatte sie nicht auch ein Motiv? Die ständige Bedrohung, Viktor könnte ihren Diebstahl melden? Und wo war sie, als ich sie zum erstenmal anzurufen versuchte? Erst beim zweiten Anruf meldete sie sich. Als Viktor schon im Wasser lag oder schon wieder herausgehievt worden war. ‹Herausgehievt› ist ein unpassendes Wort, ich weiß. In der Apotheke will sie gewesen sein. Nur kurz hin und zurück. Medikamente für Herrn Wendlich besorgen. Ich erinnere mich genau. Könnte sie nicht ebensogut am Steg gewesen sein und ihrem Arbeitgeber den letzten Stoß versetzt haben? Sie müßte dann allerdings unter den Augen von Frau Kliemkuster tätig geworden sein. Diese hätte tatenlos zugesehen und die Mumm gewähren lassen. Brauchte sich nicht selber die Hände schmutzig zu machen.

Ich wende mich Martha zu. «Hat Frau Mumm übrigens noch an dem Tag, als es passierte, Medikamente aus der Apotheke geholt?»

Martha sieht mich etwas verwundert an. «Bevor sie von dem Unglück erfuhr? Schon möglich. Warum fragen Sie?»

Ich lege ihr meine Theorie kurz dar.

«Nicht sehr wahrscheinlich», sagt sie. «Sicher ist das ein Motiv, aber für einen Mord reicht es doch nun wahrhaft nicht. Und daß sie in der Apotheke war, ist glaubhaft.»

«Läßt es sich nicht nachprüfen?»

Martha geht nur widerwillig auf meine Theorie ein. «Ja, schon ... Rezepte und Arztrechnungen hat mein Vater in einer Mappe gesammelt. Die Rechnungsbeträge der Apotheke werden monatlich überwiesen. Die letzten offenen Rechnungen will ich in diesen Tagen begleichen.»

Auf mein Drängen erklärt sie sich bereit, zu Viktors Haus zu fahren. Sie hat dort sowieso zu tun, beabsichtigt, ihre Praxis dorthin zu verlegen. Bisher hatte sie Räumlichkeiten dafür angemietet. «Dann kann ich Sie gleich nach Haus fahren», sagt sie, «damit Sie noch ein bißchen Ruhe haben vor dem Gespräch heute nachmittag.»

Ich äußere den dringenden Wunsch, sie in Viktors Haus zu begleiten, möchte gleich erfahren, ob ein Rezept mit dem Datum des Unglückstages vorliegt. Apotheken vermerken auf dem Rezept, an welchem Tag das verordnete Medikament verkauft worden ist.

Ich hätte nicht mitgehen sollen in Viktors Haus! Jetzt, wo er tot ist und das Haus nur noch Erinnerung bedeutet, wird alles lebendig, was je damit für mich verbunden war: Freude und Leid, Enttäuschung und Demütigung, Neid und Eifersucht. Fünfzig Jahre lang, nein, es sind fast sechzig, hat dieses Haus in meinem Leben eine Rolle gespielt. Einladungen bedeuteten Zugang zu Gesellschaftskreisen, zu denen ich nicht gehörte. An diesem Haus mußte ich die bescheidenen Verhältnisse messen, in denen ich lebte, hatte den Kontrast vor Augen. Viktors Welt – meine Welt.

Viktors Zimmer lag im 1. Stock zur Ostseite hin. Das heißt, es war sein Zimmer, als er noch ein Junge war. Ich sehe es vor mir: Fotos von Kriegsschiffen und Flugzeugen an den Wänden, von Jagdfliegern mit hohen Abschußzahlen und von U-Boot-Kapitänen. Galland, Mölders, Prien. Darüber ein ‹Führerbild› und ein HJ-Dolch, daneben eine Tafel mit Abzeichen des Winterhilfswerkes, die damals verkauft und oft gesammelt wurden.

Viktors Eltern waren überzeugte Anhänger ihres ‹Führers›, was ihnen nach dem Kriege kaum schadete, da sie sich schnell auf die neue Zeit umstellten. Sie starben in den fünfziger Jahren, beide kurz nacheinander. Viktor übernahm die Firma, das Haus, und er nahm sich Renate. Renate … Hier in diesem Haus habe ich sie gewonnen und wieder verloren. Hier sind wir uns nähergekommen, auf einem geselligen Abend, einer Party, wie man heute sagt, und hier hat Viktor sie mir fortgenommen. Hier haben sie gelebt, hier hat Renate ihr Kind aufgezogen, und hier ist sie zu Tode gekommen. Ich darf meine Augen nicht davor verschließen: Viktor hat sich ihrer entledigt, auch wenn er nur untätig dagestanden ist.

Martha sucht nach der Mappe mit den Rezepten und den Arztrechnungen. Sie liegt nicht am gewohnten Platz. Hat Martha sie verlegt, oder hat sie jemand absichtlich woanders hingelegt, wo Martha sie nicht finden soll?

Während Martha sucht, darf ich mich im Hause umsehen. «Gehen Sie nur herum! Für Sie birgt das Haus doch viele Erinnerungen. Und bald wird hier alles anders aussehen.» Sie denkt an ihre Praxis, die hier eingerichtet werden soll. Ich muß Abschied nehmen von diesem Haus. Es wird sich verändern, und wahrscheinlich werde ich es nie wieder betreten. Warum sollte ich Martha aufsuchen, wenn sie hier mit ihrer Lebensgefährtin wohnt? Nichts wird mehr sein, wie es war.

Ich gehe hinauf in Viktors altes Zimmer. Natürlich, die Bilder von damals sind verschwunden, kein Galland, kein Mölders und kein Prien mehr, keine Flugzeuge, keine Kriegsschiffe. Im Heizungsofen verbrannt, zusammen mit dem ‹Führerbild›. Damit war Schluß, als die Engländer kamen, und das Zeug verschwand. Aber trotzdem, es muß doch noch irgend etwas an damals erinnern, an unsere Jugendzeit! Das Zimmer ist anders tapeziert, es stehen andere Möbel darin. Wahrscheinlich ist es als Gästezimmer benutzt worden. Dort, das Bett steht noch am selben Platz. Und plötzlich fällt mir ein: Die Mumm hat hier geschlafen. Die Mumm in Viktors Bett! Ein Sakrileg, eine Schändung! Viktor hat offenbar nichts dabei gefunden, er erwähnte es einmal gesprächsweise. Für ihn bedeutete dieses Zimmer weniger als für mich.

Ich sehe mich um. Irgend etwas muß doch noch da sein! Irgend etwas. Und halb versteckt hinter dem Kleiderschrank, der auch nicht hierhergehört, entdecke ich tatsächlich etwas: ein paar gerahmte Fotos. Ich trete nahe heran: Viktor als Junge im Schwimmbad, prachtvoll anzuschauen, mit irgendeinem Gegenstand in der Hand, einem Preis wahrscheinlich, sicher einem ersten Preis. Daneben Viktor als kleiner Junge, wohl auf dem Schulweg. Dann Viktor mit dem Fahrrad und daneben … ebenfalls mit einem Fahrrad, daneben … ich. Der wohlbekannte Druck legt sich auf meine Brust. Ich bin betroffen, verliere die Fassung. Gut, daß ich allein bin. So weine ich also unserer verlorenen Jugend nach, allem Versäumten, meinem Freund, der doch nie wirklich mein Freund gewesen ist. Ich möchte die Fotos an mich nehmen, aber ich müßte Martha fragen, und das widerstrebt mir. Sollen sie hier hängenbleiben, an ihrem Platze, in Viktors Zimmer.

Ich gehe wieder nach unten. Martha ist immer noch auf der Suche nach der Mappe, durchwühlt die Schiebläden des Schreibtisches.

«Frau Mumm wird wissen, wo sie liegt», sage ich.

«Sie wird es wissen, wenn sie noch am Todestag meines Vaters mit einem Rezept zur Apotheke war. Dann hat sie es nämlich anschließend in die Mappe gelegt.»

Martha sucht jetzt im Sekretär. Ich beschließe, noch einen Blick in den Salon zu werfen, den großen Raum, der die ganze Vorderfront des Hauses einnimmt. Viktor hatte ihn nur selten benutzt, seit er allein war, und zuletzt gar nicht mehr. Als wir jung waren, veranstalteten Viktors Eltern von Zeit zu Zeit ihre geselligen Abende in diesem Raum, mit Tanz und kaltem Buffet. Renate hat diesen Brauch später noch einige Zeit forgesetzt. Renate ... Hier habe ich zum erstenmal mit ihr getanzt, hier habe ich all meinen Mut zusammengenommen, mich ihr zu nähern. Hier habe ich sie gefragt, ob ich sie nach Hause begleiten dürfe. Und hier habe ich eines Abends bemerken müssen, daß Renate sich für Viktor interessierte.

Ich öffne behutsam die Schiebetür, deren Flügel

sich zu beiden Seiten in die Wand schieben lassen. Der Raum liegt im Halbdunkel, die Jalousien sind heruntergelassen. Dort das Ecksofa, der niedrige Tisch, die Sessel an den Wänden. Erinnerungen steigen auf. Und dort, in der dunkelsten Ecke … «Viktor!» entfährt es mir. Mein Gott! Unmöglich! Viktors Rollstuhl! Ich schaue auf die Rückenlehne. Dahinter hängt etwas Dunkles schräg herunter. «Unmöglich!» sage ich laut, starre auf den Rollstuhl, schüttle energisch den Kopf. Kindische Furcht. Ein Rückenpolster hat sich von der Lehne gelöst, hängt schief herunter. Es ist natürlich nicht der Stuhl aus dem Teich. Ich atme tief durch, wende mich ab, schiebe die Tür zu.

«Geht es Ihnen nicht gut», fragt Martha. «Sie sind ganz bleich.»

«Der Rollstuhl …» Ich versuche zu lächeln. «Ich bekam einen Schreck, als ich ihn plötzlich sah. Glaubte schon an Gespenster.»

Martha zeigt Verständnis. «Ich hätte es Ihnen sagen müssen. Dieser Rollstuhl ist gestern geliefert worden. Ein Modell mit besseren Bremsen. Mit dem hätte so leicht nichts passieren können. Trommelbremsen und zusätzlich Bremshebel an den Schiebegriffen. Nun ist es zu spät. Die Firma wird ihn zurücknehmen müssen. Ohne weiteres tut sie es wohl nicht.»

«Aber sie hat ihn geliefert, als Viktor schon tot war. Wahrscheinlich haben sie davon gehört und sich beeilt, den Rollstuhl noch schnell zu versenden.»

Martha zuckt mit den Achseln. Geld spielt in Viktors Umfeld keine Rolle. «Ich habe die Mappe übrigens gefunden», sagt sie.

«Und?» Ich bin gespannt.

«Ein Rezept mit dem Auslieferungsdatum des Todestages ist nicht dabei. Aber ich muß mit Frau Mumm sprechen. Vielleicht hat sie es noch bei sich. Andererseits …»

Ich bin zufrieden, will gar nicht mehr wissen, beeile mich fortzukommen. Jetzt also das Gespräch mit Jagster.

Er klingelte schon fünf Minuten vor der verabredeten Zeit an der Wohnungstür, begrüßt mich einen Deut zu freundlich. Ich werde mich in acht nehmen müssen. Er setzt sich gar nicht erst, bittet mich, zusammen mit ihm den letzten Spaziergang zum Ententeich zu wiederholen, nickt mir aufmunternd zu.

Ich zeige wenig Lust, versuche mich zu sträuben. Meine Herzbeschwerden, gerade in solchen bedrängenden Situationen. Warum mich dem aussetzen?

«Ich kann Sie nicht zwingen», sagt er, «aber ich bitte Sie darum.»

«Es war ein Unfall. Was wollen Sie denn noch?»

«Auch die Umstände eines Unfalls müssen geklärt werden. Und Sie sind der wichtigste Zeuge. An Ort und Stelle wird manches deutlicher.»

Ich füge mich. Es ist das Klügste.

Der vertraute Weg zum Ententeich also. Jagster spricht über belanglose Dinge. Die entscheidenden Fragen spart er sich wohl auf, bis wir angelangt sind. Ich weise auf den Pavillon. «Hier haben wir immer zuerst Station gemacht. Er hatte es sich angewöhnt, hier seinen Urinbehälter zu benutzen. Ich habe währenddessen die Schautafel studiert.»

Jagster sieht sich die Tafel mit Interesse an.

«Letzten Endes sind ihm die Enten zum Verhängnis geworden», sage ich.

«Wie das?»

«Es machte ihm Spaß, sie zu füttern und zu beobachten. Deshalb sollte ich ihn auf dem Steg zurücklassen. Von dort konnte er den ganzen Teich überblicken.»

Jagster sieht abwechselnd auf die Tafel und aufs Wasser. «Sie verstehen ja etwas von Enten. Was ist das für eine?»

«Eine … eine Stockente, glaube ich.»

«Sie glauben es. Aber Sie sind nicht sicher?»

«Nicht unbedingt. Sehen Sie doch auf der Tafel nach.»

«Sie sagten, Sie hätten die Tafel oft studiert und verstünden was von Enten.»

«Na ja, das habe ich so dahergesagt. Ich weiß, wie sie aussehen, aber wie sie bezeichnet werden, das ist mir ziemlich egal.»

«Aber warum dann Ihr Interesse für die Schautafel? Sie haben sie doch studiert, sagten sie. Dann müssen Sie doch etwas mitbekommen haben.»

«So groß war mein Interesse nun auch wieder nicht.»

«War das Interesse Ihres Freundes an den Enten vielleicht auch gar nicht so groß?»

Ich halte es für das beste, nicht zu antworten. Aber ich bin ein wenig verunsichert.

«Es ist im übrigen eine Krickente», sagt er in versöhnlichem Ton.

«Ich sehe, wenigstens Sie verstehen etwas davon.»

«Sind Sie mal auf Jagd gegangen?»

«Nein, damit habe ich ganz und gar nichts im Sinn. Tiere zu töten ...»

«Ich bin Jäger.» Er scheint gekränkt. Schon meine kurze Bemerkung hat ihm gereicht. Ich hätte sie mir sparen sollen.

Schweigend legen wir den Weg zur Anhöhe zurück. Der übliche Blick in die Runde. Der Schlachthof, das Gymnasium.

«Unsere alte Schule», sage ich. «Wir waren in derselben Klasse, Viktor und ich.»

«Dann waren Sie also über fünfzig Jahre lang befreundet?»

«Mit Unterbrechungen.»

«Gab's Krach?»

«Verschiedene Welten.»

«Neid?»

«Nein. Nie. Nichts Ernstes. Wie es so kommt.»

«Aber die Sache mit Renate, das war doch etwas Ernstes.»

Ich bekomme einen leichten Schreck, nehme mich zusammen. «Vergeben und vergessen.»

«Sie haben ihr aber lange nachgetrauert.»

«Ich mußte mich damit abfinden. Es war ihre Entscheidung.»

»Seine aber doch wohl auch. Das müssen Sie ihm ziemlich übelgenommen haben. Sie haben sogar noch Jahre nach ihrem Tod ihr Grab besucht. Dann muß sie Ihnen doch viel bedeutet haben.»

Was soll ich sagen? Martha hat ihm einiges über meine Beziehungen zu Viktor und Renate erzählt. Mehr als nötig.

Jagster mustert mich streng. «Das Verhältnis zu Ihrem Freund war längst nicht so problemlos, wie Sie es darstellen. Sogar Außenstehende wissen darüber Bescheid.»

«Frau Kliemkuster etwa?»

«Auch.»

Hat sie also doch nicht den Mund gehalten! Trotz unserer Abmachung. «Wenn eine Freundschaft über fünfzig Jahre dauert», sage ich mit fester Stimme, «gibt es immer mal Probleme. Aber wir haben sie stets bewältigt.»

Er sieht mich zweifelnd an. Schnuppert.

«Es zieht vom Schlachthof herüber», sage ich, um ihn abzulenken. «In jungen Jahren habe ich mal dorthin Viehtransporte begleitet. Um Geld fürs Studium zu verdienen.»

«Sie haben doch etwas dagegen, Tiere zu töten, und arbeiten für den Schlachthof? Da sehe ich einen Widerspruch. Wieso kritisieren Sie die Jagd?»

«Weil der Jäger zum Vergnügen tötet, wenn er es nicht von Berufs wegen tut. Der Schlachter leistet einen notwendigen Beitrag zur Volksernährung. Er tut es nicht, weil er Spaß dran hat.»

«Manchmal vielleicht doch.»

«Dann ist er pervers.»

«Wer aus Lust tötet, ist also härter zu verurteilen als jemand, der es aus einsehbaren Gründen tut. Dem es vielleicht sogar widerstrebt. Gilt das auch für das Töten von Menschen?»

«Mordmotive sind unterschiedlich zu bewerten, meine ich.»

«Lust oder Raub sind perfide, das ist klar. Aber für andere Motive wie Vergeltung zum Beispiel hätten Sie Verständnis?»

«Das habe ich nicht gesagt.»

«Das läßt sich aber aus Ihren Worten schließen.»

Ich zwinge mich zu einer ruhigen, überlegten Antwort. «Theoretisch wollen Sie anscheinend sagen: Wenn es denn kein Unfall war, dann könnte es ein Vergeltungsakt gewesen sein, zum Beispiel dafür, daß er mir vor 45 Jahren ein Mädchen ausgespannt hat. Das ist doch wohl ziemlich lächerlich.»

«Diese Schlußfolgerung stammt von Ihnen.»

«Wenn Sie nach Mordmotiven suchen, dann gibt es überzeugendere.»

«Greifen Sie mir ruhig ein bißchen unter die Arme.»

Es ist klar, er verdächtigt mich, Viktor getötet zu haben, aber er findet kein rechtes Motiv. Gut, daß er nicht weiß, was Viktor mir in seinem letzten Augenblick gestanden hat. Trotzdem, ich muß ihn auf andere Fährten lenken.

Wir gehen zum Steg hinunter. Ich hole tief Luft und räuspere mich. «Rein theoretisch also: Nehmen wir Frau Mumm, die Pflegerin. Sie hätte ein überzeugenderes Motiv als das, was Sie mir anhängen wollen.»

«Will ich doch gar nicht. Der Gedanke kam von Ihnen. Ich habe nichts davon gesagt.»

«Frau Mumms Motiv also, theoretisch: Sie hat im Hause Wendlich Diebstähle begangen. Die Tochter wird es Ihnen bestätigen. Ihr Vater hat der Mumm danach eine Falle gestellt, einen Ring hingelegt. Sie hat auch den genommen. Vorher waren andere Sachen weggekommen. Silberne Löffel oder so was. Mein Freund Viktor hatte also die Mumm in der Hand, und er hatte keine Hemmungen, ihr zu drohen und sie unter Druck zu setzen.»

«Und? Wozu hat er sie gezwungen? Schlimme Sachen?»

«Natürlich nicht. Aber sie mußte manches hinnehmen, jedes harte Wort, jede Anweisung. Weil ihre berufliche Existenz gefährdet war. Martha andererseits hätte von ihrem Wissen nie Gebrauch gemacht. Dazu besitzt sie zuviel Anstand.»

«Wenn ich Sie recht verstehe: Das ist nicht Theorie, sondern Tatsache.»

«Allerdings. Theorie ist es, daraus ein Mordmotiv abzuleiten. Das überlasse ich anderen.»

«Nehmen wir also an, es sei ein Motiv. Jetzt

aber die Ausführung der Tat. Frau Mumm war doch gar nicht am Steg, als es passierte. Allein Sie waren da, allein Sie!»

«Als es passierte, war ich nicht da, nicht mehr da. Ich habe den Rollstuhl auf dem Steg stehenlassen. Auf Viktors Wunsch. Wegen der Enten. Das wissen Sie doch alles schon. Auch, daß ich zuerst vergeblich versucht habe, die Mumm anzurufen, daß ich sie erst eine Viertelstunde später erreicht habe. Aber folgendes wissen Sie noch nicht: Sie sagte am Telefon, sie habe in der Apotheke etwas für Herrn Wendlich besorgt, sei gerade zurückgekommen. Es liegt aber für diesen Tag kein Rezept vor. Sie werden in einer Mappe gesammelt.»

«Davon haben Sie bisher nichts gesagt.»

«Ich weiß es erst seit vorhin. Ich habe es zusammen mit Frau Wendlich herausgefunden.»

Wir gehen auf den Steg hinaus. Die Enten kommen angeschwommen. Sie werden enttäuscht sein. Von mir und Jagster ist nichts zu erwarten. Aber ich empfinde sie als Bestätigung. Als Bestätigung für die Richtigkeit meiner Angaben. «Dort also die Enten», sage ich mit Genugtuung.

Jagster geht nicht darauf ein. «Wo genau hat der Rollstuhl gestanden?»

Ich weise auf eine Stelle nicht ganz am Ende des Steges. «Hier etwa. Auf den Zentimeter genau kann ich es nicht sagen.»

«Der Steg ist etwas abschüssig. Da die Bremse gelöst war, ist der Stuhl ins Wasser gerollt.»

«Und da ich sie nicht gelöst habe, muß sie sich von selber gelöst haben. Oder es hat, rein theoretisch, jemand anders absichtlich getan.»

«Kommen wir, rein theoretisch, auf Frau Mumm zurück. Sie könnte also statt in der Apotheke hier am Steg bei Wendlich gewesen sein?»

«Es ist möglich, daß sie ihm etwas bringen wollte. Eine Decke oder eine Tüte Entenfutter. Er hatte an dem Tage nur eine Tüte eingesteckt. Gewöhnlich nahm er zwei Tüten mit.»

«Sie mußte aber doch damit rechnen, daß Sie bei ihm waren. Wie sollte sie wissen, daß er allein auf dem Steg stand?»

«Das konnte sie nicht wissen. Sie hat die Gelegenheit genutzt. Sie hatte es nicht vor. Es ergab sich so!»

Jagster macht sich Notizen. «Wo liegt die in Frage kommende Apotheke?»

«In der entgegengesetzten Richtung. Am Friedrichsplatz.»

«Haben Sie denn schon in der Apotheke nachgefragt, ob Frau Mumm zu der betreffenden Zeit dort war?»

«Ich bin kein Kriminalbeamter. Aber daß kein Rezept in der Mappe lag, ist ein Hinweis darauf, daß sie nicht dort war.»

«Wenn sie aber doch dort war und etwas ohne Rezept gekauft hat, dann fällt Ihre ganze Theorie zusammen.»

«Sie sprach am Telefon von Medikamenten für Herrn Wendlich.»

«Wenn sie nun das Rezept noch nicht in die Mappe gelegt hat?»

«Dann bleibt alles Theorie.»

«Und wenn sie erst in der Apotheke und dann am Steg war?»

«Der ganze Verdacht gründet sich darauf, daß sie eventuell eine falsche Erklärung für ihre Abwesenheit gegeben hat. Wenn sie in der Apotheke gewesen ist, erledigt sich meine Theorie. Es ist sowieso nur eine Theorie.»

«Warum haben Sie nicht auch gleich in der Apotheke nachgefragt? Wo Sie sich schon als Kriminalist betätigen.» Er klappt sein Notizbuch zu. «Oder wollen Sie mich von der ganz einfachen Erklärung des Unglücksfalls ablenken: daß Sie nämlich die Bremse nicht sorgfältig genug angezogen haben. Aus welchen Gründen auch immer. Günstigstenfalls wäre es Fahrlässigkeit mit Todesfolge. Da könnten Sie mit einer Bewährungsstrafe davonkommen.»

«Ich habe die Bremse angezogen. Beweisen Sie mir das Gegenteil!»

Er sieht mich nachdenklich an. «Jedenfalls hätten Sie den Rollstuhl nicht unbeaufsichtigt hier stehenlassen dürfen. Wo der Insasse rechts gelähmt und links verletzt war, so daß er die Bremse selber nicht betätigen konnte. Das war unverantwortlich. Sie hätten zusätzlich die Räder verkeilen müssen. Ganz ungeschoren kommen Sie auf keinen Fall davon, wie ich die Dinge sehe.»

Schon wieder ist er bei mir angelangt! Ich muß

ihm einen dickeren Köder hinwerfen. Die Kliemkuster! An unsere Abmachung brauche ich mich nicht mehr gebunden zu fühlen. Hat sie doch einiges über mein Verhältnis zu Viktor ausgeplaudert.

Außerdem: Hat sie mir überhaupt die Wahrheit gesagt? Beruht dann nicht unsere Abmachung möglicherweise auf ganz falschen Voraussetzungen? Denkbar, daß sie selber dem Rollstuhl den entscheidenden Stoß gegeben hat. Denkbar auch, daß sie die Mumm gewähren ließ, als diese sich an den Rollstuhl heranmachte. Zu ihren Gunsten könnte man noch annehmen, daß die Tat der Mumm für sie überraschend kam. Jedenfalls: Beiden war am Tode Viktors gelegen. Für beide wäre es sicher das beste, wenn die Schuld an mir hängenbliebe. Nicht gerade als Mord, aber als Fahrlässigkeit mit Todesfolge.

Ich scheuche die fette Ente auf, die auf dem Steg entlangwackelt und nach Viktor Ausschau hält. Sie kreischt und flattert wild. Unrecht geschieht ihr, Unrecht!

«Sie sind kein Entenkenner und auch kein Entenfreund», sagt Jagster.

«Zumindest verpasse ich ihnen keine Schrotladungen.»

«Der Jäger liebt die Natur, auch die Tiere. Er tötet sie nicht nur.»

«Ja ja, man tötet, was man liebt.»

Er sieht mich an, als hätte er mich ertappt. Habe ich etwas gesagt, das ich nicht hätte sagen dürfen?

Ich muß ihn ablenken. «Man tötet, was man liebt – das gilt für die zweite Theorie, mit der ich aufwarten kann. Nehmen wir uns Frau Kliemkuster vor, Viktor Wendlichs Freundin.»

«*Cherchez la femme!* Berühmter kriminalistischer Grundsatz. Frau Kliemkuster hat den Rollstuhl nebst Leiche im Wasser entdeckt und den Unglücksfall gemeldet. Zum Hergang selber kann sie nichts sagen. Ich bin gespannt, was Sie jetzt daraus machen.»

«Fragen Sie sich nicht, wieso sie just in diesem Augenblick vorbeikam? Zufall?»

«Vielleicht wollte sie Herrn Wendlich etwas bringen. Eine Wolldecke oder eine Tüte mit Entenfutter? Genau wie die Frau Mumm?»

«Nein, sie war uns nachgegangen. Nicht zum erstenmal. Es schmerzte sie, daß ich Viktor ausfahren durfte und nicht sie, wie vorher.»

Jagster setzte nun doch sein amüsiertes Lächeln ab. «Wenn das stimmt, könnte sie den Unglücksfall beobachtet haben. Davon hat sie allerdings nichts gesagt.»

«Sie hat alles aus einiger Entfernung verfolgt. Sie kann bestätigen, daß der Rollstuhl erst ins Wasser gekippt ist, als ich fort war.»

«Niemand hat Ihnen bisher unterstellt, Sie hätten ihn persönlich hineingekippt. Warum kommen Sie erst jetzt damit, daß es eine Zeugin gibt?»

«Weil ich es erst nach dem Gespräch mit Ihnen von ihr erfahren habe. An dem Unglückstag selber hatte ich nicht bemerkt, daß sie uns wieder gefolgt war.»

«Die Kliemkuster behauptet also nicht, daß die Mumm den Rollstuhl ins Wasser gestoßen hat?»

«Mir gegenüber hat sie davon nichts gesagt. Aber sie könnte es toleriert haben, weil ihr ebenfalls am Tode Viktors gelegen war. Theoretisch ist es aber auch möglich, daß die Kliemkuster auf den Steg gegangen ist, als ich fort war, und selber dem Rollstuhl den entscheidenden Stoß gegeben hat.»

Jagster seufzt. «Kompliziert, kompliziert. Was für ein Motiv wollen Sie der Frau Kliemkuster denn anhängen?»

«Viktor Wendlich hatte ihr 120 000 DM geliehen. Sie brauchte den Betrag dringend, weil sie sonst ihr Haus nicht hätte halten können. Den Banken reichten die Sicherheiten nicht. Viktor hat ihr das Geld geliehen und darüber hinaus testamentarisch verfügt, daß ihr die Schuld im Falle seines Todes erlassen sein solle.»

«Reicht nicht als Motiv. Dann wäre jeder Erblasser in akuter Lebensgefahr.»

«Viktor war launisch. Und zuletzt gab es zwischen den beiden Schwierigkeiten. Deshalb sollte sie ihn ja auch nicht mehr ausfahren. Ein Federstrich von Viktor, und der entscheidende Passus wäre aus dem Testament verschwunden.»

«Und welcher Art waren die Schwierigkeiten zwischen Wendlich und Frau Kliemkuster?»

«Sie hat wohl zu spüren bekommen, wie unangenehm es war, von Viktor abhängig zu sein. Wenn er jemanden in der Hand hatte, nutzte er es aus.»

«So wie bei Frau Mumm?»

«Bei Frau Kliemkuster in anderer Art.»

«Gab es intime Beziehungen zwischen den beiden? Sie wissen doch alles. Wie war es damit?»

«Viktor war zeitlebens sehr an Frauen interessiert. Warum nicht an Frau Kliemkuster? Wie es nach dem Schlaganfall um ihn bestellt war, darüber hat er nie gesprochen. Und ich habe auch nicht gefragt. Aus Gründen des Taktes. Aber es kann schon sein, daß er auch nach dem Schlaganfall nicht ohne sexuelle Ansprüche war. Dazu kann ich nur Vermutungen äußern.»

«Tun Sie es! Sie vermuten also, daß er auch mit einem Arm und einem Bein ...»

«Das überlasse ich Ihrer Phantasie.»

«Haben Sie noch mehr Theorien? Wer gehört noch zu den Erben? Die Tochter auf jeden Fall. Sie? Ja, wie ist es mit Ihnen?»

«Wir haben nie darüber gesprochen. Unsere unterschiedlichen finanziellen Verhältnisse haben wir immer ausgeklammert. Ich brauchte von ihm nichts und wollte auch nichts.»

«Edel gedacht. Muß ich schon sagen. Und wer erbt noch?»

«Das Kinderheim in der Hansastraße. Die Kinder waren in der letzten Zeit oft bei ihm. Er hatte viel Freude an ihnen. Mein Fall sind sie nun nicht gerade.»

«Aber als er zu Tode kam, sind die Kinder nicht zufällig hier in der Nähe gesichtet worden? Haben Sie da auch eine Theorie?»

Die Frage ist nicht ernst gemeint. Sie bedarf keiner Antwort. Ich verzichte auch darauf, mein Erlebnis mit den Kindern hier auf dem Steg zu schildern.

Jagster scheint für heute zufrieden. «Immerhin sind Sie ein guter Theoretiker. Die Praxis sieht allerdings meistens anders aus.»

Sechster Gang zum Ententeich

«Ein Erdenbürger hat seinen Weg vollendet. Was er anpackte, brachte reiche Ernte. Niemals aber vergaß er darüber seine Christenpflicht, in tätiger Nächstenliebe auch seine Mitmenschen daran teilhaben zu lassen. Vielen Familien gab er Arbeit und Brot, und über sein irdisches Dasein hinaus reicht seine Sorge für die der Hilfe Bedürfenden.» – Nicht etwa meine Worte, beileibe nicht, sondern die von Pastor Brinckmann. Er weiß es nicht besser. Was soll er sagen. Wüßte er die Wahrheit, er würde schweigen. Ich verlagere mein Gewicht auf der harten Kirchenbank. Mir schräg gegenüber auf einer Seitenbank sitzt ein Herr mit Glatze, der mich schon wiederholt angelächelt hat, jedesmal, wenn unsere Blicke sich begegnen. Kenne ich ihn? Müßte ich ihn kennen? Ich schaue ihn unauffällig von der Seite an. Keine Erinnerung.

Des Pastors Ausführungen werden nachgerade ärgerlich. Er kann nichts dafür. Er gibt nur wieder, was man ihm gesagt hat, zur Würdigung von Viktors Person. Gattin früh verloren, niemand bleibt von Schicksalsschlägen verschont. Die einzige Tochter mit Liebe und Verantwortung aufgezogen. Ja, mit Liebe schon. Die Firma, den traditionsreichen Familienbesitz, erweitert, nach dem Kriege neu aufgebaut. Tätig in vielfacher Weise zum Wohle der Allgemeinheit: in der Handwerkskammer, der Kreishandwerkerschaft, der Bauinnung, im Unternehmensverband, am Arbeitsgericht. Förderer des Sportvereins, des Roten Kreuzes, großzügiger Stifter für seine alte Schule und ein Kinderheim. Von seinen Freunden vermißt, vor allem aber von der Tochter. Auch die treue Pflegerin findet Erwähnung. Von mir spricht er nicht. Natürlich nicht. Ich kann es nicht erwarten und noch weniger wünschen. Aber wenn er die Wahrheit über Viktor wüßte, dann könnte er mich nicht unerwähnt lassen. Denn für niemanden hier unter den zahlreichen Trauergästen hat Viktor mehr bedeutet als für mich.

Ich habe mich etwas weiter nach hinten gesetzt, wo ich nicht auffalle. Mir hätte es auch nicht zugesagt, Viktors Sarg die ganze Zeit vor Augen zu haben. In der ersten Reihe sitzen Viktors nächste Angehörige, wenn ich mal so sagen darf. Martha, das ist in Ordnung. Doch Frau Kliemkuster, Frau Mumm – schon fraglich. Dann die Person aus dem Kinderheim, und aufgereiht, alle gleich gekleidet, die Knaben und Mädchen. Viktor muß dem Heim eine erkleckliche Summe vermacht haben. Frau Kliemkuster kann immerhin auch 120 000 Mark verbuchen. Was wäre, wenn Viktor mir etwas vermacht hätte? Ich komme von dem Gedanken nicht los. Ich könnte es nicht annehmen, nein, unmöglich, sonst wäre ich nicht besser als er.

Pastor Brinckmann kommt zum theologischen Teil seiner Trauerrede. Das Übliche. Ich will mich nicht darüber lustig machen. Er läßt es offen, ob der Verstorbene jetzt gleich oder erst später vor ein Jüngstes Gericht zu treten hat. Somit bleibt auch unklar, ob Viktor zur Zeit im Himmel, in der Hölle oder sonstwo weilt. Mir ist es gleich. Ich halte mich da heraus. Besser für Viktor wäre es sicher, wenn das Jüngste Gericht ganz entfiele.

«Er läßt seine Sonne aufgehen über die Bösen und über die Guten und läßt regnen über Gerechte und Ungerechte.» Pastor Brinckmann zitiert einen Bibelvers. Soll das heißen, daß kein Unterschied gemacht wird, zumindest hier auf Erden nicht? Viktor allerdings hat seine Strafe noch auf Erden bekommen. Der Schlaganfall, die Folgen und sein Tod im Ententeich.

Pastor Brinckmann findet kein Ende. Ich rutsche auf dem harten Sitz hin und her. Der Mann mit der Glatze bemerkt es und lächelt verständnisvoll. Pastor Brinckmann nutzt die Gelegenheit, vor einem vollbesetzten Haus zu sprechen, vor Leuten, die in der Stadt etwas bedeuten, vor einem Haufen von Heiden, die eine Kirche nur zu Besichtigungen oder zu Beerdigungen von innen sehen. Er nutzt die Gelegenheit, zu beweisen, welches Gewicht das christliche Wort hat, welches Gewicht es hat vor allem in seinem

Munde. Er läßt beten, er läßt singen, er zwingt die Trauergemeinde aufzustehen, sich wieder hinzusetzen, eins ums andere Mal. «Wenn ich einmal soll scheiden, so scheide nicht von mir», ist zu singen. Ich verweigere mich, deute den Text auf meine Weise: O bitte, doch, ich scheide von dir, Viktor, hier und heute und für den Rest. Du sollst mir nicht im Nacken sitzen, womöglich über deinen Tod hinaus.

Der Sarg wird hinausgetragen, in einen Leichenwagen geschoben, und ab geht's zum Friedhof. Die Trauerfeier fand wegen der vielen Teilnehmer in der Kirche statt. Ich hätte Lust, jetzt nach Haus zu gehen. Aber etwas in mir sträubt sich dagegen. Ich muß dabei sein, bis zuletzt, bis der Sarg in der Grube ist. Der Glatzkopf scheint auf mich zu warten. Aber Jagster fängt mich ab. Er ist unter den Trauergästen, wohl nicht, um zu trauern, sondern um zu schnüffeln. Er fordert mich auf, in sein Auto zu steigen und mit ihm zum Friedhof zu fahren.

«Frau Mumm war in der fraglichen Zeit in der Apotheke», sagt er, unbeeindruckt von Kirche, Sarg und Totenfeier. «Sie hat eine Flasche Herzstärkungsmittel gekauft. Rezeptfrei. Für sich. Und hat es auf Rechnung Wendlich setzen lassen. Ein neuer Kriminalfall also. Lohnt sich nur nicht recht.»

«Meine Überlegungen waren rein theoretisch. Das habe ich von Beginn an betont.»

«Haben Sie. Jedenfalls ist sie nicht ehrlich. Ihre

Vermittlungszentrale, oder was es ist, wird einen Wink bekommen. Um zukünftigen Pflegefällen die silbernen Löffel zu erhalten. Das haben Sie immerhin durch Ihre Theorie erreicht.»

«Es wäre mir lieber, Sie würden die Sache auf sich beruhen lassen. Ich denke, sie hat dazugelernt.»

Jagster antwortet nicht, muß sich um den Straßenverkehr kümmern, kommt gerade noch vor einem Rotlicht zum Halten.

«Große Beerdigung heute», sagt er. «Vieles da, was Rang und Namen hat. Ihr Freund muß hier in der Stadt eine große Nummer gewesen sein, als er noch bei Kräften war. Ich bin erst vor einem Jahr hierher versetzt worden. Weiß davon nichts. Mit so einem befreundet zu sein, das muß doch für Sie viel bedeutet haben.»

«Hat es.»

«Sie trauern ehrlich um ihn, wie mir scheint.»

«Sein Tod geht mir nahe. Sechzig Jahre. Ein ganzes Leben.»

«Aber mit Unterbrechungen doch. Ihr Verhältnis zu ihm war ja nicht ohne Brüche.»

«So was bleibt nicht aus.»

«Ganz zuletzt zum Beispiel, auf dem Steg, da hatten Sie noch einmal Streit mit ihm. Ziemlich heftig sogar.»

«Das können Sie nur von Frau Kliemkuster erfahren haben.»

«Sie sollen mehrfach ‹Du Mörder!› gerufen haben.»

«Wir hatten einen kleinen Wortwechsel, weil ich ihn nicht auf dem Steg stehenlassen wollte. Aber er bestand darauf.»

«Das ist allerdings eine plausible Erklärung.»

«Außerdem waren wir beide aufgeregt, weil ich den Herzanfall hatte. Sie wissen nicht, wie das ist!»

«Außerdem haben *Sie* ja ‹Du Mörder!› gerufen, nicht er.»

«Warum sollte ich es gerufen haben, warum er? Ich weiß überhaupt nicht mehr, was für Worte gefallen sind. Hätte ich geahnt, daß sich die Polizei einmal dafür interessiert, dann hätte ich es mir gemerkt.»

«Überzeugendes Argument. Okay. Sie sollen übrigens sehr flott fortgegangen sein. Was sage ich, nicht gegangen, eher gelaufen. Ist das nicht unvorsichtig bei einer Herzattacke?»

«Ich bin so schnell gegangen, wie es mir möglich war. Weil ich dringend meine Medikamente brauchte. Außerdem kann man durch eine Stenokardie hindurchlaufen. Man belastet das Herz weiter, und dadurch normalisiert sich die Blutversorgung.»

«Sie haben mir verschwiegen, daß Sie einen Streit hatten, und auch, daß Sie gelaufen sind.»

«Es war nicht weiter wichtig.»

«Aber Ihnen lag daran, daß ich nichts davon erfuhr. Sie haben mit Frau Kliemkuster ein gegenseitiges Schweigeabkommen geschlossen.»

«Vielleicht hat sie es so aufgefaßt.»

Wir biegen in den Parkplatz am Friedhof ein, müssen stoppen, weil eine Gruppe von Kindern die Straße überquert.

«Die Kinder aus dem Heim», sage ich. «Sind hier, weil sie geerbt haben.»

«Ich habe eine Kopie des Testaments gesehen», sagt Jagster und lächelt. «Da haben noch andere geerbt. Auch Institutionen, seine alte Schule zum Beispiel. Und der Sportverein.»

Ich möchte ihn fragen, ob Viktor auch mich bedacht hat. Aber ich riskiere es nicht. Ich sehe ihn fragend an. Er sagt nichts, das Aas. Er weiß es, aber er sagt nichts. Im übrigen, ich dürfte es ohnehin ja nicht annehmen.

Viktor ist schon angekommen. Vor der Kapelle, auf dem Hauptweg, steht der gummibereifte Karren mit dem Sarg. Etwas seitwärts Trauergäste. Allmählich sammeln und formieren sie sich zum Gang an die Grube. Eine weitere Gruppe, hier recht seltsam wirkend: Jungen im Sportdreß.

«Gibt's noch ein Fußballspiel?» fragt Jagster, den ich nicht loswerden kann, der sich an mich hängt wie eine Klette.

Nein, es gibt kein Fußballspiel. Als der Trauerzug sich in Bewegung setzt, Viktor auf seinem Fahrzeug voran, stehen die Sportler ein Stück weit Spalier. Es sind noch andere aufgetaucht, die zwischen den Gräbern, hinter den Steinen und Büschen gewartet haben. Sie passen nicht hierher mit ihren nackten Beinen. Aber der Gegensatz rührt mich an: Hier Gruft und Tod, dort Jugend und Leben. Ich muß mir die Augen wischen.

«Sie sind bewegt, wie ich sehe.» Immer noch der verdammte Jagster neben mir. Ich trete schnell ein paar Schritte zur Seite und verschaffe mir einen anderen Nebenmann. Jagster grinst hinterher.

Wir stehen am Grab. Pastor Brinckmann setzt sein Programm fort. Ich stehe nicht in der ersten Reihe, aber ich habe Viktors Behältnis vor Augen. Drüben die nächsten Angehörigen: Martha ... eigentlich sollte nur sie dort stehen. Neben ihr Frau Kliemkuster und Frau Mumm und schließlich der Glatzkopf von vorhin. Mir schwant Böses. Er hat mich entdeckt, fordert mich mit einer Kopfbewegung auf, herüberzukommen, mich mit in die Reihe der bevorzugt Trauernden zu stellen, die nachher das Beileid der anderen entgegennehmen.

Ich reagiere nicht.

Pastor Brinckmann hat seine Schuldigkeit getan. Es folgen noch ein paar Ansprachen am offenen Grab. Ein alter Herr verliest etwas mit zittriger Stimme. Ich verstehe nur einzelne Worte: Dank der Schule, ehemaliger Schüler, großes Talent, Förderer des Schulsports ... Ja, jetzt erkenne ich ihn. Tatsächlich, er ist es: unser alter Turnlehrer Riese. Turnen und Mathematik. Er muß über achtzig sein. Damals war er ein ganz junger Lehrer. Studienassessor, wie es damals hieß. Ich habe ihn nie mehr gesehen. Er wurde an eine Schule auswärts versetzt, hörte ich, ist dann aber irgendwann zurückgekommen. Ich hätte Lust, ihn nachher noch zu begrüßen.

Ein jüngerer Mann tritt auf, vom Vorstand des Sportvereins. Es ist ihm offenbar etwas peinlich, an einem Grab zu sprechen. Wer tut so etwas schon gern. Danach kommt noch ein würdiger Herr von irgendeinem Verband, der Viktor persönlich anspricht, als lebte er noch und könnte seine Worte hören. Aber dann folgt etwas Ungewöhnliches: Die wohlbekannte Kinderschar formiert sich am Grab. Sie wollen singen, ganz offensichtlich. Alle in blauen Jeans und schwarzen Anoraks. Ich entdecke die beiden kleinen Mädchen, die sich besonders um Viktor bemüht haben. Niedlich. Ganz hinten stehen drei schon etwas größere Knaben, elf oder zwölf Jahre alt. Einer trägt eine Golfmütze, auch noch verkehrt herum, wie es zur Zeit Mode ist. Die Aufsichtsperson macht sich von der Seite an ihn heran und schlägt ihm die Mütze mit einer flinken Bewegung vom Kopf. Neben den Jungen stehen vier Mädchen, oder sind es Jungen? Bei der gleichen Kleidung ist das Geschlecht nicht auszumachen. Ein dicker Junge, oder ist es ein Mädchen?, steht ganz vorn, wohl ein besonders guter Sänger. Sein Puddinggesicht zeigt keinerlei Regung. Zwei andere wischen sich die Augen und ziehen noch einmal geräuschvoll die Nase hoch. Der dicke Junge gibt den Ton an. Die anderen fallen ein. Ich kenne das Lied nicht. «Danke, für diesen guten

Morgen, danke für jeden neuen Tag, danke, daß ich all meine Sorgen auf dich werfen mag.» So etwa der Text. Und später noch, etwas besser passend: «Danke für jede schöne Stunde, danke, für jedes liebe Wort.» Es klingt gar nicht schlecht. Den Dank des Kinderheims jedenfalls hat Viktor sich verdient.

Jetzt bildet sich die Reihe derer, die ans Grab treten wollen, um die obligatorischen drei Schaufeln Erde in die Grube zu werfen. Schnell ist es eine lange Reihe geworden. Kann ich mich einfach einreihen? Hatte mir Viktor nicht in seinem Leben eine ganz besondere Rolle zugeteilt? Ich trete einige Schritte zurück, habe vor, meinen Abschied von Viktor, den endgültigen Abschied, erst ganz zuletzt zu nehmen. Inzwischen verziehe ich mich in entferntere Wege der weitverzweigten Friedhofsanlage.

Die Trauergemeinde zerstreut sich, verläuft sich zwischen den Gräbern. Auch der frühere Turnlehrer Riese hat seine Schuldigkeit getan und sucht den Weg zum Ausgang. Ich trete an ihn heran, schräg von vorn, um ihn nicht zu erschrecken, und verbeuge mich, wie es sich für einen Schüler gehört.

Er reicht mir die Hand und murmelt: «Mein herzliches Beileid.»

Ich wehre ab und sage, lauter, als der Ort es eigentlich zuläßt, denn der alte Herr könnte schwerhörig sein: «Sie kennen mich wohl nicht mehr, Herr Riese. Ich war in Viktor Wendlichs Klasse!»

Er scheint interessiert. «Ah! Wie war doch gleich Ihr Name?»

Ich sage meinen Namen, er tut, als erinnerte er sich, höflichkeitshalber tut er so, fügt noch hinzu: «Ja ja, die Zeit vergeht. Die Schule verdankt Viktor Wendlich viel. Sehr guter Sportler damals. Das vergißt man nicht, ich kann mich gut erinnern. Er hat der Schule einen namhaften Betrag vermacht für Pokale, Siegerurkunden und dergleichen. Ja, für mich längst Vergangenheit. Der Direktor hat mich gebeten, heute hier am Grab ... obwohl ich ja längst nicht mehr ... na ja, das ist nun auch vorüber.» Er wendet sich ab, sieht mich nicht einmal mehr an.

Ich bin sicher, daß er sich nicht an mich erinnert. Aber an Viktor, an Viktor erinnert er sich. Genau das ist es!

Ich gehe zurück zu Viktors Grab. Nur noch ein paar dunkle Gestalten stehen herum. Es hat zu regnen begonnen. Die Schleifen an den Kränzen werden schlaff, die Blumen sacken zusammen, alles wirkt ein bißchen schmuddelig. Ich trete an das offene Grab, stehe auf dem Erdhügel, auf den Brettern, die dort ausgelegt sind, vor mir die Schale mit dem Sand und der Schaufel. Von Viktors Sarg ist nur noch ein kleines Stück zu sehen. Erde und Blumen verdecken ihn. Ich greife zur Schaufel. Lautlos fällt der Sand in die Grube.

Eine Schaufel für Renate, die arme Renate, die du auf dem Gewissen hast. Eine Schaufel für Martha, die arme Martha, die du für ihr Leben verdorben hast.

Eine Schaufel für Alfons, den armen Alfons, der immer nur in deinem Schatten stand.

Er läßt dich jetzt allein, Viktor. Und wichtiger noch: Du läßt auch ihn allein. Er ist erlöst von dir.

Eine Hand legt sich auf meinen Arm. Ich fahre herum, sehe eine dunkle Gestalt, gleite auf den regennassen Brettern aus und rutsche in die Grube, versuche mich an der Kunstrasendecke festzuhalten, die eine der Seitenwände der Grube verhüllt, ziehe sie mit hinunter. Meine Schuhe poltern auf den Deckel des Sarges, ich breche in die Knie, das feuchte Stück Kunstrasen sinkt über mir zusammen, Erdbrocken kollern hinterher. Ein schneidender Schmerz fährt durch meine Brust, ich möchte schreien, aber ich kann nicht.

Er hat es mir noch einmal bewiesen. Viktor hat es mir noch einmal bewiesen!

Der Friedhofswärter ist glücklicherweise nicht weit. Sonst wohl keiner hätte es gewagt, zu uns in die Grube zu springen. Er schlägt den grünen Rasenlappen zurück, richtet mich auf. Helfende Hände ziehen mich an den Armen heraus. Eine Bank steht in der Nähe. Nach ein paar Minuten ist alles überwunden.

Mit ihrem Taschentuch wischt Martha den Sand von meinen Kleidern. «Ich konnte doch nicht ahnen, daß Sie sich so erschrecken würden, als ich Sie an den Arm faßte. Es tut mir aufrichtig leid. Wie entsetzlich für Sie, das alles.»

Martha also und ihre verdammte Angewohnheit, leise von hinten an einen heranzutreten. Ich erinnere mich an die Szene im Dachraum von Viktors Haus.

«Ich wollte Sie nur zu einem kleinen Imbiß in unserem Haus einladen», sagt sie. «Und davor gehen einige Trauergäste noch einmal an den Teich, wo mein Vater zu Tode gekommen ist. Besonders sein alter Freund möchte das gern.»

Sein alter Freund? Wer anderes als ich ist sein alter Freund? Und ich möchte ganz und gar nicht noch einmal an den Ententeich! Martha weist auf den Herrn mit der Glatze. Er hat offenbar geholfen, mich aus der Grube zu ziehen. Er lächelt mich an – oder lacht er mich aus? Und ich habe plötzlich überhaupt keine Mühe, ihn zu erkennen: Heiner Jeve! Wer denn sonst!

Freudige Begrüßung von seiner Seite. Gar nicht verändert, wie in alten Zeiten! Wir damals! Immer noch die alten!

«Längst vorbei das alles», sage ich, «vergeben und vergessen.»

«Und du noch der alte Pechvogel, Alfi, genau wie früher!»

Was soll ich sagen? Soll ich mich schämen? Jeder andere hätte Zeuge meines Mißgeschicks sein dürfen, meines Sturzes in die Grube. In die Grube, die nicht für mich bestimmt war, in Viktors Grube. Jeder andere hätte Zeuge sein dürfen. Nicht er!

Er weicht nicht von meiner Seite, greift mir

stützend unter die Arme. «Na, es geht doch schon wieder. Du kommst doch noch mit an die Stelle, wo Viktor ertrunken ist? Viktor ertrunken! Ein Schwimmer von seinen Graden! Ironie des Schicksals, kann man da nur sagen.»

Ich sträube mich. Will mich auf mein Mißgeschick und auf die Angina pectoris hinausreden. Aber auch Martha drängt und selbst die Kliemkuster. Auf die Kunde von meinem Mißgeschick – so etwas geschieht nicht alle Tage! – ist sie zurückgeeilt, war schon am Tor, hat es verpaßt, ist enttäuscht, läßt sich genau Bericht erstatten. «Sie konnten sich wohl gar nicht von Ihrem Freund trennen», sagt sie, geschmacklos und ohne Taktgefühl. Allerdings habe ich auch schon daran gedacht: War es wirklich nur mein Mißgeschick, ein Ausrutscher auf feuchten Planken? Oder wirkte da eine geheime Anziehung? Oder hatte ich mein Mißgeschick unbewußt herbeigeführt?

Ich möchte nach Haus, in meinen vier Wänden allein sein. Aber alle bedrängen mich. Ich gehöre dazu. Immerhin. Ich will auch keineswegs den Eindruck erwecken, als scheute ich mich, die bewußte Stelle noch einmal aufzusuchen.

«Bist du mit dem Auto hier?» Heiner Jeve läßt mich nicht los. «Sonst fahr mit mir!» Er schiebt mich mit Nachdruck in Richtung Parkplatz.

«Wir haben neulich noch von dir gesprochen, Viktor und ich», sage ich und bedaure, daß ich mich dazu nicht näher äußern kann.

«Hoffentlich was Nettes.»

«Vergeben und vergessen», antworte ich vieldeutig.

«Was ist aus dir geworden? Was hattest du doch noch beruflich gemacht?»

«Ich war in der Kommunalverwaltung. Beamter.»

«Beamter! Ja, da wird dich mancher beneiden. Pension, gesichertes Dasein. Man hat seine Ruhe. Das wolltest du doch immer schon.»

Ich sehe ihn von der Seite an. Er trägt einen hellen Sommermantel, ziemlich zerknittert. Dazu einen zerknautschten karierten Hut. «Und was hast du gemacht? Wenn ich fragen darf?»

«Immobilien. In Frankfurt. Jetzt macht es mein Sohn. Unsicheres Geschäft. Man weiß nie, wie es weitergeht.»

Nur zwei Autos stehen noch auf dem Parkplatz. Ich strebe auf den kleinen Ford zu, aber Heiner Jeve macht sich mit heiterer Miene an einem Jaguar zu schaffen. Er läßt die Tür aufschwingen und nötigt mich mit einer ausladenden Armbewegung zum Einsteigen.

«Donnerwetter», sage ich, «für einen Rentner ein stattliches Fahrzeug.»

Er tut bescheiden. «Als Geschäftsmann muß man gelegentlich ein bißchen was vorzeigen. Ich bin mitunter noch aktiv. Wir bewegen sehr viel, weißt du, regional und überregional.»

Also, auch Heiner Jeve hat es geschafft. Daß ihm das Luxusfahrzeug gehört und nicht der kleine Ford wußte ich im Grunde von vornherein.

Nachträglich fällt mir übrigens auf, daß Viktor nie mit mir über Heiner Jeves beruflichen Erfolg gesprochen hat. Ich habe allerdings auch nicht danach gefragt.

Ich dirigiere ihn und seine Karosse zur Grünanlage am Ententeich. Wir werden erwartet. Martha, Frau Kliemkuster, Frau Mumm, schwarz und ernst. Die Person aus dem Heim mit ihren Zöglingen, die allesamt ein Eis lecken, das Martha ihnen spendiert hat, wie ich höre.

Die Kinder eisleckend voran, frohgestimmt, wie man merkt, dann die Aufsichtsperson, kaum noch auf Disziplin bedacht, wo nun alles gelaufen ist, zuletzt Heiner Jeve und ich mit den drei Damen. Hinter uns eilige Schritte auf dem Kiesweg. Ich schaue mich um: Jagster! Er übertreibt es! Wahrlich, er übertreibt es.

«Da sind wir ja alle beisammen», ruft er freudig. «Nur den Herrn hier kenne ich noch nicht.»

«Ein Schulfreund des Verstorbenen», erkläre ich. «Absolut unverdächtig.»

«Wer weiß, wer weiß. Gehört ihm die geile Kiste da hinten?» Er spricht wie ein Halbstarker und scheint bester Laune. Vorsicht ist geboten, denn er will offenbar noch irgend etwas.

Unser Weg führt am Pavillon vorbei. Die Kinder ziehen weiter, zum Steg. Ich aber weiß, daß keine Station ausgelassen werden darf. Die anderen folgen mir. Wir sitzen auf der Rundbank, jeder kann jedem ins Gesicht schauen. Nur Jagster studiert die Tafel mit den Enten und ihren Besonderheiten.

«Ja, der Tod eines alten Freundes», sagt Heiner Jeve, «das ist ein trauriger Anlaß, die alte Heimat mal wiederzusehen.»

Alles nickt.

Heiner Jeve blickt mich feuchten Auges an. «Ich hatte Viktor ein bißchen aus den Augen verloren, schon durch die räumliche Distanz. Aber du hast ihm die Treue gehalten. Über die Jahre. Trotz allem. Und bis zuletzt.»

«Allerdings. Bis zum allerletzten Augenblick», sagt Frau Kliemkuster mit deutlichem Vorwurf.

Frau Mumm steuert ein paar Details über Viktors körperlichen Zustand bei. Viktor konnte also das Wasser nicht mehr halten, brauchte eine Gummihose. Zuletzt konnte er gar nichts mehr halten, wie ein kleines Kind. «Und keine Hoffnung auf Besserung», sagt sie klagend. «So macht das Leben keinen Spaß mehr. Dann lieber Schluß und aus.»

«Als wir noch zur Schule gingen», erinnert sich Heiner Jeve, «da hätten Sie ihn erleben sollen. Wenn er vom Turm sprang oder die Kraulstrekken schwamm. Oder auf dem Sportplatz, in der Leichtathletik, da war er auch gut. Hab ich nicht recht, Alfons?»

«Vergeben und vergessen», sage ich.

Heiner Jeve kann sich nicht genug tun: «Er wußte, was er wollte, und er wußte, was er konnte, sein Leben lang, in allem. Und er hat auch alles erreicht, was er wollte.»

Frau Kliemkuster seufzt: «Und alles getan, was er wollte.»

«Zuletzt konnte er gar nichts mehr», sagt Frau Mumm. «Wie ein kleines Kind.»

«Und deshalb hätten Sie ihn nie allein auf dem Steg lassen dürfen», fügt die Kliemkuster hinzu und mustert mich streng.

Ich rechtfertige mich, es bleibt mir nichts anderes übrig: Angina- pectoris-Anfall, Viktors ausdrücklicher Wunsch, auf dem Steg zu bleiben, die Enten.

«Auch wenn er es wollte», sagt Heiner Jeve. «Da muß ich mich doch auch wundern. Ein hilfloser Mensch in einem Rollstuhl auf einem wackligen Steg.»

«Wobei noch nicht einmal klar war, ob die Bremse überhaupt funktionierte», fügt die Kliemkuster hinzu.

«Die Bremse war in Ordnung. Ging nach dem Umkippen auf der Terrasse nur etwas schwer. Sonst hätte ich ihn ja gar nicht damit losgelassen», entgegnet die Mumm.

«Hoffentlich haben Sie die Bremse wenigstens fest angezogen!» Die Kliemkuster möchte mir etwas anhängen. Mit ihr habe ich es verdorben.

«Das wollen wir doch hoffen, zu Alfons' Gunsten», sagt Heiner Jeve. «Sonst hätte er ja fahrlässig gehandelt.»

Jagster beendet seine Entenstudien und wendet sich um. «Paragraph 222, fahrlässige Tötung. Bis zu fünf Jahren. Oder Geldstrafe.»

Ich wehre mich empört, springe auf, möchte am liebsten gehen. «Was wollen Sie denn überhaupt? Schließlich habe ich gar nichts getan. Frau Kliemkuster bestätigt das doch. Sie hat doch alles mit angesehen von ihrem Lauschposten aus.»

«Ob Sie fahrlässig etwas tun oder fahrlässig etwas unterlassen ist egal, wenn dadurch jemand zu Tode kommt», stellt Jagster fest.

Mir reicht es. Ich verlasse den Pavillon, will mich davonmachen, aber die anderen holen mich ein, nehmen mich in die Mitte, lassen mich nicht fort.

Beruhigende Worte Marthas. Vorher allerdings hat sie geschwiegen.

Jetzt zum Steg. Möglichst schnell. Und dann nach Haus und niemanden wiedersehen von diesen Leuten. Nicht auf die Anhöhe, nein, die Anhöhe links liegen lassen! Jedoch, die Anhöhe fordert ihr Recht: «Gehen wir doch noch mal dort hinauf», regt Heiner Jeve an. «Von dort kann man unsere alte Schule liegen sehen, soweit ich mich erinnere.»

Hinauf also auf die Anhöhe. Mir wird die Atemluft knapp, obwohl ich keinen Rollstuhl zu schieben habe.

Der übliche Blick in die Runde. Das Altenheim, die Schule, der Schlachthof. Ich schaue schon gar nicht mehr hin. Die Kinder spielen unten am Steg, werfen mit Steinen nach den Enten.

«Ach Gott, ja», seufzt Heiner Jeve, «eine schöne Zeit war das, die Zeit mit Viktor.»

«Ja, ihr habt manches miteinander unternommen», kann ich mich nicht enthalten einzuwerfen.

Er bemerkt den Unterton gar nicht. «Und unser lieber Alfons stand immer ein bißchen abseits. War eifersüchtig, gekränkt, fühlte sich zurückgesetzt. Entschuldige Alfons, aber es war doch so.»

«Du hast es so gesehen. Weil du es so sehen wolltest. Du hattest immer schon viel Talent, alles so hinzudrehen, wie es dir am besten paßte.»

«Deshalb bin ich auch im Leben nicht ganz erfolglos geblieben. Wenn du mir die Bemerkung gestattest.»

«Oh bitte, stell dein Licht nur nicht unter den Scheffel!»

Er legt mir die Hand auf den Arm, ehe ich ausweichen kann. «Alles genau wie früher. Da haben wir uns auch öfter mal ein bißchen gezankt.»

Ich lächle gequält, und der alte Haß steigt wieder auf. Auch er wirft mir einen Blick zu, der wenig Gutes verheißt.

Dort, weiter rechts, der Schlachthof, na ja, der Schlachthof, am besten nimmt man ihn gar nicht zur Kenntnis. Aber alle schauen hin.

«Stinkt bis hierher», sagt Jagster überflüssigerweise.

Alle schnuppern und nicken beifällig.

«Ach ja, Renate! Kinder, was für Erinnerungen!», ruft Heiner Jeve. «Ihre Mutter, Martha! Im Augenblick war es mir gar nicht bewußt. Wenn

Renate dabei war, durfte niemand laut sagen, daß ihr Vater dort Geschäftsführer war.»

«Meine Mutter hat niemals Fleisch gegessen, bis zu ihrem Tod», sagt Martha nicht ohne Stolz.

«Sie war ein schönes und sensibles Mädchen.» Heiner Jeves Blick verklärt sich. «Von allen sehr verehrt. Besonders von Viktor und Alfons. Das war ein ungleicher Kampf zwischen den beiden. Viktor hatte natürlich die besseren Karten. Der arme Alfons. Weißt du, du hast mir richtig leid getan, damals. Ich habe es zwar persönlich nicht mehr mitbekommen, aber Viktor hat mir öfter geschrieben.»

«Ach, was weißt denn du», sage ich wegwerfend und nage an meiner Unterlippe. Er macht sich mal wieder zur Hauptperson. Trotz seines Alters – er ist der freche Bursche von damals geblieben.

«Wenn Alfons den Kampf gewonnen hätte ...» Er scheint belustigt. «Dann wäre er Ihr Vater geworden, Martha! Was empfinden Sie bei dem Gedanken?»

Jetzt reicht es! «Deine Bemerkungen sind nicht besonders taktvoll», sage ich.

«Ein kleiner Spaß. Du kannst halt keinen Spaß verstehen. Konntest du nie. Immer gleich gekränkt.»

«Laß Renate aus dem Spiel. Da verstehe ich allerdings keinen Spaß.»

«Ja, ja, es war schon traurig, daß Renate so früh sterben mußte. Wie lange ist es nun schon her? Es müssen doch schon fast dreißig Jahre sein. Wirklich tragisch. Und dann auf diese Art.»

Jagster mischt sich ein: «Auf welche Art war es doch noch?»

«Sie ist aus dem Fenster gestürzt. Ein Unfall.»

«Oder auch nicht», entfährt es mir.

Jagster horcht auf, nimmt mich beiseite. «Was wollen Sie damit sagen?»

«Na ja, sie könnte sich auch das Leben genommen haben. Das Verhältnis zu ihrem Mann war nicht gut. Sie litt sehr darunter.«

«Hatten Sie Kontakt zu ihr in dieser Zeit?»

«Sie hat sich einmal bei mir ausgesprochen.»

«Sie glauben also an Selbstmord?»

«Bei einem Sturz aus dem Fenster weiß man nie.»

«Und was meinte Ihr Freund Viktor dazu? Sie haben doch sicher darüber gesprochen.»

«Damals nicht.»

«Aber auf Ihren letzten Spaziergängen?»

«Doch. Schon.»

Jagster ist mit mir schon ein paar Schritte in Richtung auf den Steg zu gegangen. Er weist auf ein Rhododendrongebüsch. «Hier hat Frau Kliemkuster gestanden und Sie beide auf dem Steg beobachtet. Oder belauscht, wie man will. Es gab einen Streit zwischen Ihnen und Viktor. Sie haben ‹Du Mörder!› gerufen. Und Sie waren äußerst erregt.»

Jagster ist dicht an der Wahrheit. Vorsicht ist geboten. «Ich war nicht erregt, sondern ich hatte einen Herzanfall. Und der Streit ging um die Frage, ob ich ihn auf dem Steg stehenlassen sollte. Das ist Ihnen alles bekannt. Und was ich gesagt habe, weiß ich nicht mehr.»

«Vielleicht haben Sie ‹Du Mörder!› gerufen, weil er in Ihren Augen schuld am Tode seiner Frau war?»

«Ich habe Ihnen gesagt, was zu sagen ist. Im übrigen steht Viktor seit heute außerhalb jeder Verfolgung. Selbst wenn er einen Mord begangen hätte. Abgesehen davon, daß der Tod Renates dreißig Jahre zurückliegt und ein Mord sowieso verjährt wäre.»

«Sie sind gut unterrichtet.»

«Ich bitte Sie, Ihr absurdes Fragespiel jetzt zu beenden. Sie sind zwar Kriminalbeamter, aber Sie können doch nicht überall nur Unrat wittern.»

«Keineswegs überall. Ich bin immer auf ein und derselben Spur.»

«Um so frustrierender, wenn sie in die Irre führt.»

«Sie führt zum Ziel. Das Ergebnis ist bereits bekannt. Aber der Weg, der hinführt, hat noch ein paar dunkle Stellen.»

«Ich kann Ihnen nicht helfen.»

«Trotzdem. Unterhalten wir uns noch ein wenig. Es wird sich für Sie lohnen. Das kann ich Ihnen versprechen.»

Ich zucke mit den Achseln. Aber ich passe auf.

Jagster sieht mich prüfend an, legt sein Gesicht in Falten. «Wissen Sie, was Fehlhandlungen sind?»

«Am besten erklären Sie, was Sie damit meinen.»

Die anderen haben uns inzwischen eingeholt. Heiner Jeve drängt sich an Jagsters Seite. Er hat ein Gespür dafür, wo wichtige Dinge ablaufen. Das war früher schon so. Wenn irgendwo etwas los war, dann war er zur Stelle. Jagster will es möglichst einfach erklären: «Also, eine Fehlhandlung liegt vor, wenn jemand etwas tut, was er eigentlich gar nicht tun will. Das heißt, er will es nicht bewußt, aber unterbewußt will er es schon.»

Heiner Jeve lacht. «Ach, *das* Zeug meinen Sie. Psychoanalyse, Freud und so weiter. Ist das nicht längst überholt?»

«Werden Sie ruhig konkreter», fordere ich Jagster auf.

«Also, A haßt B, hat den dringenden Wunsch, B zu töten, weiß aber, daß er es nicht tun darf oder daß das Risiko viel zu groß ist. Der Wunsch kann aber noch soviel Kraft haben, daß dieser Wunsch A's Handlungen steuert, ohne daß A sich dessen bewußt ist.»

Mir ist klar, worauf Jagster hinaus will, ich behalte es aber natürlich für mich. Seine Theorie, denn etwas anderes ist es nicht, seine Theorie besagt: Alfons Löhner hatte den Wunsch, ohne daß er es sich eingestand, seinen Freund zu töten. Ihm war aber klar, daß er aus verschiedenen Gründen diesen Wunsch nicht verwirklichen konnte. Angst vor Strafe, moralische Hemmungen, Schwierigkeiten bei der Durchführung sprachen dagegen. Der Tötungswunsch war aber so stark, daß Alfons, ohne es bewußt zu wollen, die Bremse löste oder sie nicht anzog, als er den Rollstuhl mit seinem Insassen auf dem Steg stehenließ. Aus dem Wunsch heraus, seinen Freund zu töten, hat er es getan, ohne es bewußt zu wollen. So also die Theorie. Wäre er übrigens unter diesen Umständen ein Mörder?

«Mit solchen Theorien», sage ich, «können Sie jedes Verbrechen relativieren. Abgesehen davon, daß man jemandem nicht, ohne es bewußt zu wollen, ein Messer in den Hals stößt.»

«Und wenn jemand so etwas getan hat», wirft Heiner Jeve ein, «dann passiert es manchmal, daß er es verdrängt. Er will es nicht wissen und weiß es dann tatsächlich nicht mehr. Eine Blockierung. Eine Art Selbstschutz. Interessante Theorie. Vielleicht ist ein bißchen was dran.« Er schaut in die Runde, als erwartete er ein Lob.

Auch Martha steuert ihr Wissen bei: «Das entspricht dem Fluchtreflex», sagt sie mit fachkundiger Miene, «der eintritt, wenn man körperliche Schmerzen leidet. Und bei einem seelischen Schmerz flieht man sozusagen ins Vergessen.» Sie fügt noch hinzu, fast entschuldigend: «Manchmal spielt so etwas auch in meiner Praxis eine Rolle. Die Flucht ins Vergessen kann wieder körperlichen Schmerz hervorrufen. Aber wie kommen Sie auf diese Problematik?»

«Rein theoretisch», sagt Jagster. «Nur so.»

Heiner Jeve weiß es besser: «Vielleicht hat jemand etwas getan, das er bewußt gar nicht tun wollte, das unterbewußt gesteuert war. Oder jemand hat etwas getan und es anschließend verdrängt.» Er grinst mich an und meint wahrscheinlich, flink wie er ist, schon alles verstanden zu haben.

Wir sind am Steg. Martha, Jagster, Heiner Jeve und ich zuerst. Frau Kliemkuster und Frau Mumm folgen einzeln, legen keinen Wert aufeinander. Die Person aus dem Kinderheim ist vorausgegangen, um ihre Zöglinge zur Ordnung zu mahnen. Sie stellen sich wie vorhin am Grabe auf. Eines der kleinen Mädchen, die Viktor so besonders mochte, hält ein Blumengebinde im Arm. Hoffentlich sollen die Kinder nicht singen. Das müßte verhindert werden. Alles hat seine Grenzen. Aber es wird nicht gesungen. Die Person vergewissert sich, daß wir alle aufmerken, das kleine Mädchen tritt auf den Steg hinaus, verharrt einen Augenblick und wirft das Blumengebinde ins Wasser. Ein leichter Wind treibt es dahin. Die Enten kommen eilig herangeschwommen und zerren es auseinander.

«Hier also war es», sagt Heiner Jeve sinnend, beschreitet prüfend den Steg. Die fette Ente, seinerzeit von Viktor protegiert, watschelt ihm entgegen. Er tritt nach ihr.

«Laß das gefälligst sein!» rufe ich, lauter und schärfer, als ich es eigentlich will. Aber ich handle im Sinne Viktors.

«Na, na! Gefälligst? Das höre ich aber nicht gern, alter Freund.»

«Spar dir den ‹alten Freund›. Wir sind nie Freunde gewesen.»

Die Situation wird peinlich. Martha überspielt sie, dankt den Kindern, insbesondere der Aufsichtsperson. Diese nickt uns hochmütig zu und zieht mit den Kindern ab. Sie hat getan, was sie konnte, und sie hat, was sie will. Wir übrigen stehen da, sollten Viktors gedenken, aber die Atmosphäre ist gespannt.

Heiner Jeve prüft die Festigkeit des Stegs und den Neigungswinkel der Planken.

«Dort am Ende des Stegs hat der Rollstuhl gestanden!» ruft Frau Kliemkuster ihm zu. Er geht in die Knie, beugt den Kopf weit hinunter, damit er den Neigungswinkel noch besser erkennen kann, erhebt sich wieder und kommt mit bedenklicher Miene zurück. «Wo stand er genau?» fragt er Frau Kliemkuster. Die läuft beflissen auf den Steg hinaus und zeigt es ihm.

«Verstehe ich richtig», fragt Heiner Jeve, «Sie haben gesehen, wo der Rollstuhl ganz zuletzt stand? Dann müssen Sie doch auch gesehen haben, wie er ins Wasser rollte.»

«Hab ich, hab ich. Mir blieb das Herz stehen!»

«Aber helfen konnten Sie nicht? Und warum sind Sie denn nicht gleich auf den Steg gegangen, als unser Freund hier», er zeigt auf mich, «Viktor im Stich ließ?»

«Frau Kliemkuster war uns heimlich gefolgt»,

sage ich, im Bewußtsein, sie bloßzustellen. «Wir sollten sie nicht bemerken, insbesondere Viktor nicht.»

Ihre Stimme gluckst vor Empörung. «Ich lasse mich doch nicht von Ihnen verhöhnen. Wer sind Sie denn, daß Sie so mit mir sprechen!» Sie wendet sich abrupt zum Gehen, rauscht erhobenen Hauptes davon.

Frau Mumm benutzt die Gelegenheit, sich ebenfalls zurückzuziehen. Ihr Abgang ist weniger spektakulär. Sie müsse Imbiß und Kaffee vorbereiten. Eigentlich sei ihre Arbeit im Hause Wendlich ja beendet, aber zu diesem letzten Dienst habe sie sich noch bereitgefunden.

Wer von uns wird schon noch Lust auf Imbiß und Kaffee haben! Höchstens Heiner Jeve. Dieser blickt mich streng an. «Wie kann man einen hilflosen Mann in einem Rollstuhl hier stehenlassen! Wo er noch nicht einmal die Bremse anziehen konnte. So was hätte ich selbst dir nicht zugetraut. Das ist kurz gesagt fahrlässig.»

«Er wollte absolut auf dem Steg bleiben. Außerdem habe ich ...»

«Auch wenn er es wollte, du hättest darauf nicht eingehen dürfen. Wenn er es denn tatsächlich wollte.»

«Ich hatte einen akuten Herzanfall. Da hat man genug mit sich selbst zu tun. Außerdem habe ich es nicht nötig, mich vor dir zu rechtfertigen.»

«Viktor hilflos im Rollstuhl ... Du konntest mit ihm machen, was du wolltest. Hast du darauf gewartet, Alfi? Hast du dich als Sieger gefühlt? War es so?»

Ich schnappe nach Luft, suche krampfhaft nach einer passenden Antwort und erhalte Hilfe, nicht von Martha, sondern von Jagster, ganz unerwartet.

«Wir wollen doch sachlich bleiben», sagt er mahnend. «An einem Tag, wo man einen Freund begraben hat, sollte man nicht alte Animositäten austragen.»

Auch Heiner Jeve hat die Fassung verloren. Ich stelle es mit Genugtuung fest. Aber er holt tief Luft, schließt für einen Moment die Augen, räuspert sich und erklärt verhältnismäßig ruhig, daß er sich das Verweilen an dieser Stätte anders vorgestellt habe. Er wirft mir einen giftigen Blick zu: «Aber es gibt Menschen, die immer und überall nur stören.» Er äußert den Wunsch zu gehen. Martha muß sich anschließen. Er ist ihr Gast, ist von weither gekommen, um alter Freundschaft und um alter Feindschaft willen. Martha gibt mir immerhin zum Abschied die Hand, rechnet offenbar nicht damit, daß ich noch zu Kaffee und Imbiß in Viktors Haus komme. Dabei glaube ich, daß ich heute der einzige bin, der Viktor ehrlich betrauert.

Jagster und ich stehen allein am Ende des Steges und schauen auf den Teich hinaus. «Sein letzter Blick», sage ich versonnen.

Wir stehen einträchtig nebeneinander, fast wie Freunde. Es ist still. Nur das Schnattern der Enten tönt vom anderen Ende des Teiches herüber. Der

Steg hat für sie sein Interesse verloren. Fast hätte ich Lust, sie zukünftig zu füttern, besonders die fette Ente, die Viktor so geschätzt hat.

«Seien Sie ehrlich», sagt Jagster mit sanfter Stimme, «Sie wollten Ihren Freund Viktor töten.»

Ich tue keineswegs überrascht, reagiere kaum, schaue weiter nach den Enten in der Ferne.

«Sie können es ruhig zugeben. Es wird Ihnen nichts geschehen.»

Ich schaue nach den Enten, die nun doch wieder herangeschwommen kommen.

«Wir sind unter uns», sagt Jagster. «Sie können später alles bestreiten, was Sie mir jetzt sagen. Auch ein Geständnis können Sie jederzeit widerrufen. Was sich hier auf dem Steg abgespielt hat, das wissen nur Sie. Das heißt, Sie glauben es zu wissen. Das Allerwichtigste wissen Sie nämlich nicht. Wir sollten unsere Informationen austauschen. Sie sagen mir, was Sie getan haben. Ich sage Ihnen etwas, das Sie von allem befreit.»

Ich werde neugierig. «Was genau also wollen Sie von mir hören?»

«Daß Sie die Handbremse des Rollstuhls gelöst oder gar nicht erst angezogen haben.»

«Wir haben doch vorhin schon festgestellt, daß ich es verdrängt habe. Vielleicht habe ich es getan, vielleicht nicht. Und wenn, dann war es eine unterbewußt gesteuerte Fehlhandlung.»

«Machen Sie jetzt keine Scherze. Das sind Theorien. Etwas so Wichtiges und Einmaliges wie ein Mord läßt sich nicht verdrängen. Und für eine Fehlleistung ist es zu schwerwiegend. Sie wissen genau, daß Sie es getan haben.»

«Und was für ein Motiv sollte ich gehabt haben?»

«Sie haben ihn beneidet, ihr Leben lang, um all das, was Sie nicht hatten. Und er hat Ihnen die Frau genommen, die Sie geliebt haben. Ihr Tod scheint ein Unfall gewesen zu sein, aber Sie geben ihm die Schuld. Ganz zuletzt, hier auf dem Steg, an dieser Stelle, kam es zu einem heftigen Streit zwischen Ihnen und Ihrem Freund Viktor. Sie riefen mehrfach ‹Du Mörder!›. Dann haben Sie die Bremse gelöst, als Vergeltung für alles, und haben den Rollstuhl rollen lassen. Gönnen Sie mir die Genugtuung und nicken Sie! Sie brauchen nur zu nicken!»

Ich reagiere nicht, muß nachdenken. Soviel steht fest: Ich habe die Bremse nicht gelöst. Aber habe ich sie überhaupt angezogen, als wir am Ende des Steges angelangt waren? Ich hielt den Rollstuhl ja an den Schiebegriffen. Ich war aufs höchste erregt durch Viktors Geständnis, er habe Renate abstürzen lassen, ihr nicht geholfen, weil er ihren Tod wollte. Im Affekt bin ich weggerannt, habe Viktor in seinem Rollstuhl stehenlassen. Aber die Bremse habe ich nicht gelöst. Das wäre ein überlegter Tötungsakt gewesen. Gewiß, ich hätte daran denken müssen, daß die Bremse vielleicht nicht angezogen war. War es Fahrlässigkeit? Oder wollte ich das Schicksal entscheiden lassen über Viktors Leben? Ob es den Stuhl rollen ließ oder nicht? Oder hatte ich die Bremse doch angezogen? Als ganz selbstverständlichen Handgriff, den man gar nicht bewußt ausführt und an den man sich nicht erinnert? Einfacher wäre es gewesen, wenn die Mumm oder die Kliemkuster dem Rollstuhl den entscheidenden Stoß versetzt hätten. Ich habe es ehrlich gehofft, wollte nicht etwa den Verdacht von mir auf Schuldlose lenken. Was soll ich Jagster gegenüber jetzt zugeben? Oder gar gestehen?

Jagster verliert die Geduld. Er packt mich an beiden Schultern, schüttelt mich, drängt mich an den Rand des Steges. «Geben Sie es zu! Erleichtern Sie Ihr Gewissen! Stellen Sie sich vor, wie einem zumute ist, der hilflos in einem Rollstuhl sitzt, den Rand des Steges und das Wasser vor Augen!» Er bedrängt mich körperlich. Was fällt dem Mann ein!

«Ja ja», ächze ich, «ich bin schuld an Viktors Tod. Ich habe ihn auf dem Steg stehenlassen, und ich habe mich nicht hinreichend überzeugt, ob die Bremse angezogen war, als ich fortlief.»

«Das ist nicht genug!» schreit Jagster, «nicht genug!» und schüttelt meine alten Knochen durcheinander.

Ich reiße mich los, wäre dabei fast ins Wasser gestürzt. Aber Jagster hält mich im letzten Augenblick fest. Das bringt ihn zur Besinnung.

«Sie haben die Bremse absichtlich nicht angezogen. Geben Sie es zu!»

«Nein, so war es nicht.»

«Dann gehen wir noch einen Schritt weiter: Sie haben die Bremse gelöst, als Sie fortliefen!»

«Auf keinen Fall!»

«Dann geben Sie wenigstens zu, daß Sie ‹Du Mörder!› gerufen haben!»

«Na gut. Um Sie nicht ganz und gar zu enttäuschen.»

«Dann erklären Sie auch, warum!»

Er soll erkennen, daß ich zur Wahrheit bereit bin. Ich berichte kurz über die Umstände von Renates Tod. «Sein Verhalten war gemeiner Mord», schließe ich.

«Und Sie wollten sein Henker sein?»

«Den Wunsch habe ich schon gespürt.»

«Aber Sie sind der Typ, der sich vor Entscheidungen drückt. Und wenn Sie sich entscheiden müssen, tun Sie es nur halb.» Er mustert mich verachtungsvoll. «Sie hatten ein Motiv, Sie haben eine Situation herbeigeführt, die einen Mord ermöglichte, aber Sie haben ihn nur halb und halb durchgeführt, wissen selber nicht genau, was Sie getan haben. Sie taugen nicht zum Mörder.»

«Das soll hoffentlich kein Tadel sein.»

«Und jetzt hören Sie gut zu: Wenn Sie sich zu einem Mord bekannt hätten – es wäre auch dann kein Mord gewesen. Klingt paradox, was? Es wäre höchstens ein Mordversuch gewesen.»

Ich sehe ihn fragend an.

«Was ich Ihnen jetzt sage, klärt den Todesfall und macht ihn andererseits noch komplizierter.»

«Sie machen es spannend.»

«Also, ohne Umschweife: Ihr Freund Viktor konnte seine linke Hand gebrauchen. Schon seit Tagen. Sie haben es offenbar nicht gewußt. Und anscheinend sollten Sie es auch nicht wissen. Machen Sie sich selber einen Reim darauf.»

Ich brauche einen Augenblick, um die neue Situation zu überdenken. «Er war also imstande, die Handbremse selber zu bedienen, hätte den Rollstuhl bremsen können?»

«Und was ist daraus zu schließen?»

«Wenn er den Rollstuhl nicht abgebremst hat ... wollte er ihn ins Wasser rollen lassen. Demnach hätte er Selbstmord begangen.»

«Ist der Gedanke für Sie abwegig, oder paßt er ins Bild?»

«Er hat öfter gesagt, er habe vom Leben genug. Bei seinem körperlichen Zustand. Keine Kontrolle mehr ... Keine Aussicht auf Besserung. Ein Mann seines Zuschnitts lebt dann lieber gar nicht. – Er hatte aber auch am letzten Tag die Hand noch bandagiert. Das, obwohl sie wieder in Ordnung war?»

«Er hat es ausdrücklich von Frau Mumm verlangt und sie zum Schweigen verpflichtet. Nötig wäre es nicht gewesen. Sein Arzt bestätigt das.»

«Und wieso sagen Sie mir das erst jetzt? Warum sollte ich unnötigerweise vorher sogar noch einen Mord gestehen?»

«Objektiv betrachtet war es Selbstmord. Aber subjektiv, bezogen auf Sie und Ihre Absicht, kann es Mord oder zumindest fahrlässige Tötung sein.

Deshalb haben wir gegen Sie ermittelt. Eine juristisch komplizierte Angelegenheit. Wenn Ihrerseits die Absicht bestand, Ihren Freund zu töten, wäre es ein Mordversuch.»

«Diese Absicht bestreite ich aber ganz entschieden!»

«Niemand kann in Sie hineinsehen.»

Ich überlege: Selbst wenn ich die Bremse vorsätzlich gelöst hätte, bevor ich fortrannte, oder wenn ich gar dem Rollstuhl einen Stoß gegeben hätte, wäre es kein Mord gewesen, weil Viktor ja die Bremse betätigen konnte. Es wäre nur subjektiv ein Mord gewesen, nicht objektiv.

«Sie hätten gern eine klare Mordabsicht gehabt», sage ich. «Dann hätten Sie einen juristisch interessanten Fall aufgedeckt. Jetzt habe ich Sie enttäuscht.»

«Beantworten Sie mir wenigstens eine Frage: Weshalb sollten Sie annehmen, daß er die Bremse selber nicht betätigen konnte?»

Ja, weshalb sollte ich es annehmen? Fest steht: Viktor wollte sterben, und ich sollte ihm dabei zu Diensten sein. Aber warum?

Weil er es allein nicht fertigbekommen hätte? – Wohl nicht.

Weil er mir beweisen wollte, wie sehr er mich in der Hand hatte, bis zum allerletzten Augenblick? – Wahrscheinlich.

Oder weil ich mich für den Rest meines Lebens für den Mord an meinem Freund schuldig fühlen sollte, auch wenn es objektiv kein Mord war? Weil Viktor über seinen Tod hinaus einen Schatten über mein Leben werfen wollte? – Ich traue es ihm zu.

«Er fürchtete wohl, daß er es allein nicht fertigkriegen würde, sich umzubringen», antworte ich der Einfachheit halber. «Da hat er mich aufs äußerste gereizt, damit ich es tat.»

«Aber Sie haben es nicht getan. Oder … ganz unter uns, oder doch?»

Ich schüttle den Kopf. «Diesmal hat er mir seinen Willen nicht aufzwingen können. Ich habe nicht getan, was er wollte. Er mußte es selber tun.»

Jagster wendet sich zum Gehen, zögernd, wie jemand, der eine unerledigte Arbeit liegenläßt. Er vergißt, sich zu verabschieden. Oder tut er es absichtlich nicht? Oder ist es eine Fehlleistung, unterbewußt gesteuert?

Ich stehe allein auf dem Steg. Die Enten paddeln in Kreisen, schnattern ungeduldig, warten auf Futter. Ein paar Stengel des Blumengebindes treiben noch auf dem Wasser. Ich warte darauf, daß die besonders fette Ente sich einen davon schnappt. Aber sie paddelt darüber hinweg.

Die Erinnerung an Viktor stimmt mich milde. Trotz allem. Trotz der Schändlichkeit, in die er mich ganz zuletzt noch verstricken wollte. Zum Handlanger seines Todes wollte er mich machen. Aber ich konnte mich ihm entziehen. Sein Schatten war verblaßt.

Fast wünschte ich, daß ich ihn getötet hätte,

ohne Wenn und Aber, bewußt und direkt, ohne seine Billigung, aus eigener Absicht. Es wäre ein deutlicher Schlußpunkt gewesen, ein Schlußpunkt von mir gesetzt, nichts Halbes, sondern etwas Ganzes. Ich hätte Viktors Schatten ausgelöscht, mit einem Schlage und für immer.

Heute morgen erhielt ich eine Ladung zur Testamentseröffnung. Viktor hat mich mit einem Vermächtnis bedacht.

Colin Dexter

«Es gibt nur wenige Autoren, die überzeugend Humor, Spannung und Phantasie und ein wenig Grausen miteinander verbinden können Colin Dexter beherrscht das vorzüglich.»
Hamburger Abendblatt

Mord am Oxford-Kanal
(thriller 2960)
Ausgezeichnet mit dem «Golden Dagger» der Englisch Crime Writers' Association.

Hüte dich vor Maskeraden
(thriller 2805)
«Ein intelligenter Krimi zum Mit-Denken. So etwas ist selten.»
Frankfurter Rundschau

Das Rätsel der dritten Meile
(thriller 2806)
Der Rektor des College lädt eines Tages Chief Inspector Morse zum Essen ein, um ihm nebenbei zu erzählen, daß einer seiner pedantischsten Professoren seit einigen Tagen völlig ohne jede Ankündigung verschwunden ist. Zwar sei inzwischen eine Nachricht eingetroffen, aber die könne unmöglich von Browne-Smith stammen, denn der würde lieber sterben, als eine Notiz mit einem Rechtsschreibefehler aus der Hand zu geben. Kurz darauf wird eine Leiche aus dem Kanal geborgen, der Kopf, Hände und Beine fehlen ...
«... brillant, komisch, bizarr und glänzend geschrieben.»
Südwestpresse

rororo thriller

Tod für Don Juan
(thriller 3041)
Kaum sind die amerikanischen Touristen in Oxford eingetroffen, da wird Chief Inspector Morse zu einer Toten gerufen. Die Touristin ist offensichtlich an Herzversagen gestorben, als sie den Diebstahl einer wertvollen, antiken Brosche entdeckte. Klarer Fall, meint Sergeant Lewis. Ein plötzlicher Tod ist immer mysteriös, sagt Morse. Erst recht, wenn kurz darauf noch ein Toter gefunden wird.

rororo thriller wird herausgegeben von Bernd Jost. Ein Gesamtverzeichnis der Reihe finden Sie in der *Rowohlt Revue*. Jedes Vierteljahr neu. Kostenlos in Ihrer Buchhandlung.

3005/4

Boileau / Narcejac

«Trotz ihres zungenbrecherischen Doppelnamens sind die beiden fleißigen Franzosen **Pierre Boileau** und **Thomas Narcejac** für die Krimi-Gemeinde längst ein Begriff. Ihre temporeich und milieugenau abgespulten Geschichten haben stets das Maß an Mysterium, das Mordkommissionen fürchten und Kenner schätzen.» *FAZ*

Eine Auswahl der thriller von Boileau / Narcejac:

Tod de luxe
(thriller 3016)

Appartement für einen Selbstmörder
(thriller 2839)

Gesichter des Schattens. Die Gleichung geht nicht auf
(thriller 2963)
«... raffinierte Geschichten, in denen das Verbrechen die Menschen wie ein Alptraum befällt.»
Westdeutsch Allgemeine Zeitung

Im Mord vereint
(thriller 2982)

Tote leben nicht allein. Parfüm für eine Selbstmörderin
(thriller 3008)
Er hat sie vor dem Selbstmord gerettet und will ihr hlefen, ein neues Leben zu beginnen. Aber es war nicht das erste Mal, daß sie dem Tod entronnen ist. Natürlich gibt es immer Unfälle – aber so häufig?

Bruder Judas. Die Dame in Rot. Meine schöne Mörderin
(thriller 3024)

3000/4

rororo thriller

Der Traum vom Gold
(thriller 3033)
Wer würde nicht davon träumen, einen Goldschatz zu bergen, der auf dem Grund eines Sees liegt? Doch erste Tauchversuche schlagen fehl. Als Jean-Marie überaus leichtsinnig seiner Tante und dem holländischen Filmemacher van Loo von seinem Bergungsversuch berichtet, nimmt das Schicksal seinen Lauf.

Die Karten liegen falsch
(thriller 2786)

Boileau / Narcejac, Helga Riedel / John Bingham
Tote sollen schweigen. Ausgesetzt. Der sechste Plan
(thriller 3056)
Garantie für atemberaubende Spannung ...

rororo thriller wird herausgegeben von Bernd Jost. Ein Gesamtverzeichnis der Reihe finden Sie in der *Rowohlt Revue.* Jedes Vierteljahr neu. Kostenlos in Ihrer Buchhandlung.

Jerry Oster

Jerry Oster arbeitete viele Jahre als Journalist und Filmkritiker in New York, bevor er begann, Bücher zu schreiben. Die *New York Times* bezeichnet ihn als den besten Krimiautor der letzten Jahre.

Saint Mike
(thriller 2924)
Susan Van Meter ist ein Undercover-Narco. Deckname: Saint Mike. Ihr Mann hat an einem brisanten Fall gearbeitet, bis er von einer unbekannten Schönen eiskalt hingerichtet wurde. Saint Mike muß diesen Fall aufklären.

Death Story
(thriller 3011)
Herzschuß. Der Mittelfinger ist abgetrennt und steckt im Mund der Leiche. An der Wand prangt kryptisch das Graffiti: Raleigh... Kein leichter Job für Joe Cullen, denn er muß gegen Kollegen ermitteln.

Violent Love
(thriller 3037)
Die New Yorker Intellektuellen–Schickeria trägt eine der Ihren zu Grabe, es ist die brutal ermordete Maklerin Karin Justice... Ein neuer Fall für Detective Joe Cullen.

Nowhere Man
(thriller 2925)
Der dritte Gedanke des Joggers war sein letzter, denn das, was die Gestalt ihm entgegenhielt, war kein wertloses Schmuckstück, auch keine Hand, die ihn stoppen wollte, sondern eine Pistole. Die Kugel schlug ein Loch in seine Stirn und beendete das Denken...

rororo thriller

Dschungelkampf
(thriller 2773)
In der U–Bahn stirbt Carlos Pabon mit einem Loch in der Stirn. Die Zeitungen reden vom «Samariter-Killer», denn Pabon war ein mieser und kaputter streetboy. Weitere Morde passieren . Detective Jake Neumann und sein Partner setzen sich auf die Spur...

rororo thriller wird herausgegen von Bernd Jost. Ein Gesamtverzeichnis der Reihe finden Sie in der *Rowohlt Revue*. Jedes Vierteljahr neu. Kostenlos in Ihrer Buchhandlung.

3026/2

Janwillem van de Wetering

«Seine Helden sind eigensinnig wie Maigret, verrückt wie die Marx-Brothers und grenzenlos melancholisch: Der holländische Krimiautor **Janwillem van de Wetering**, der mitten in den einsamen Wäldern des US-Bundesstaats Maine lebt, schreibt mörderische Romane als philosophische Traktate.»
Die Zeit

Der blonde Affe
(thriller 2495)

Der Commissaris fährt zur Kur
(thriller 2653)

Eine Tote gibt Auskunft
(thriller 2442)

Der Feind aus alten Tagen
(thriller 2797)

Inspektor Saitos kleine Erleuchtung
(thriller 2766)

Die Katze von Brigadier de Gier
Kriminalstories
(thriller 2693)

Ketchup, Karate und die Folgen
(thriller 2601)
«... ein hochkarätiger Cocktail aus Spannung und Witz, aus einfühlsamen Charakterstudien und dreisten Persiflagen.»
Norddeutscher Rundfunk

Massaker in Maine
(thriller 2503)

Kuh fängt Hase *Stories*
(thriller 3017)

Outsider in Amsterdam
(thriller 2744)

rororo thriller

Rattenfang
(thriller 2744)

Der Schmetterlingsjäger
(thriller 2646)

So etwas passiert doch nicht!
Stories
(thriller 2915)

Ticket nach Tokio
(thriller 2483)
«Dieses Taschenbuch macht süchtig: nach weiteren Krimis von Janwillem van de Wetering und nach Japan.»
Südwestfunk

Tod eines Straßenhändlers
(thriller 2464)

Der Tote am Deich
(thriller 2451)

Drachen und tote Gesichter
Japanische Kriminalstories 1
(thriller 3036)

Totenkopf und Kimono
Japanische Kriminalstories 2
(thriller 3062)

3021/3